잠언생활동화 이럴 땐 어떡하죠?
발행일 2014년 12월 14일

개정판 2쇄 발행 2022년 8월 1일
지은이 밀드레드 A. 마틴 • 그림 이디스 벅홀더
옮긴이 리빙북 • 편집 이윤숙
발행인 리빙북 경상북도 청송군 부남면 아랫화장길 33-3
이메일 livingbook.kr@hanmail.net
팩스 031-943-1674 • 전화 031-943-1655
출판등록 제399-2013-000031호

잠언생활동화
이럴 땐 어떡하죠?

밀드레드 A. 마틴 지음

리빙북 펴냄

차례

1
분별력
잠언 22:3

"오늘 저녁에는 성경에서 말하는 분별력이 뭔지 살펴보자." 밀러 아버지가 성경을 펴면서 말을 꺼냈다.

밀러 가족이 아늑한 거실에 모여 앉아서 조용히 성경을 공부하고 예배하는 시간이었다. 어머니는 밀러네 막내둥이 아기 베스를 팔에 안고 있었다. 로라는 아직 글을 읽지는 못했지만 작은 신약 성경을 무릎 위에 펼쳐놓았다. 다른 밀러 가족들도 모두 자기 성경책을 폈다.

"잠언에 '명철'이나 '슬기로움'이라는 단어가 나오는 부분을 찾아보자."

모두 부지런히 책장을 넘기는 소리가 들렸다. 피터, 샤론, 티미는 그 단어들이 어디에 나오는지 열심히 찾았다.

"잠언 16장 21절이에요." 피터가 제일 먼저 말했다. "'마음이 지혜로운 자는 명철하다 일컬음을 받고 입이 선한 자는 남의 학식을 더하게 하느니라.' 잠언 14장 15절."

여덟 살 난 티미가 소리내어 읽었다. "'어리석은 자는 온갖 말을 믿으나 슬기로운 자는 자기의 행동을 삼가느니라.'"

"잠언 8장 12절." 열네 살 된 샤론이 말했다. "'나 지혜는 명철 가운데 거하며, 기발한 발명에 필요한 지식을 찾아 얻나니.(킹제임스 영어성경 직역)'"

"와!" 티미가 환호를 했다. "발명이라고!" 나머지 밀러 가족이 모두 웃음을 터트렸다. 티미가 얼마나 새로운 걸 계획하고 발명하기를 좋아하는지 모두 잘 알기 때문이었다!

"잠언 15장 5절." 열한 살 된 피터가 덧붙였다. "'충고를 듣는 자는 슬기로운 자니라.'"

"'슬기로운 자는 재앙을 보면 숨어 피하여도 어리석은 자는 나가다가 해를 받느니라.'" 어머니가 외우고 있던 구절을 암송했다. "잠언 말씀인데, 어느 구절인지는 모르겠네."

"'슬기로운 아내는 여호와께로서 말미암느니라!' 잠언 19장 14절." 아버지가 어머니를 보고 미소를 지으며 말했다. "당신이 내가 오늘 나누려고 했던 바로 그 구절을 말해주었군요. 잠언 22장 3절이지요. '슬기로운 자는 재앙을 보면 숨어 피하여도 어리석은 자는 나가다가 해를 받느니라.'" 아버지가 다시 한번 반복했다.

"슬기로운 사람은 인생에 무엇이 위험한지를 미리 보고 깨달아서 그것을 안전하게 피해 가는 사람들이지. 반면 어리석은 사람은 자기 생각을 고집하다가 고난에 빠지는 사람들이야. '슬기'나 '명철'이라는 말은 '분별력', '재치' 혹은 '위험에 대비하거나 위험한 곳을 피해 둘러가는 것'을 말한단다. 하나님을 믿지 않는 사람들은 말씀의 지혜가 없어서 위험이나 곤경에 빠질 수 있지만, 하나님을 섬기는 사람들은 하나님께서 주시는 명철과 슬기로 안전하게 살아갈 수 있단다."

"얘들아, 몸을 건강하게 하려면 어떻게 해야 할까? 성경에서 건강을 지키기 위한 좋은 습관에 대해서 무엇을 가르쳐주는지 알아볼까?" 어머니가 아이들한테 말했다. "무엇보다 먼저 분별력을 가져야 되지."

"하나님 믿는 사람들이 분별력을 가지고 그의 법에 순

종하면, 몸도 건강하게 지킬 수 있단다." 아버지가 말을 이어 받았다. "출애굽기에 보면 하나님께서는 이스라엘 백성에게 만일 그들이 하나님의 법에 순종하면, 이집트에 내렸던 모든 병으로부터 그들을 보호해주신다고 약속하셨어. 물론 우리 주변에 하나님을 섬기는 사람들도 때때로 병에 걸리지. 왜냐하면, 질병과 연약함은 아담과 하와가 처음에 죄를 짓고 난 뒤 모든 인류가 받게 된 형벌이기 때문이야. 하지만 우리가 하나님께 순종할 때 우리의 건강을 지킬 수 있는 여러 가지 방법이 있단다. 누가 예를 들어 볼까?"

"나쁜 짓을 하는 사람들은 에이즈에 걸려요." 피터가 말했다.

"맞아." 아버지가 심각한 어조로 대답했다. "에이즈는 하나님께 불순종하는 사람들한테 오는 질병의 좋은 예다. 물론 죄가 없는 사람들이 헌혈을 통해서 걸리기도 하고, 아기들이 태어나면서부터 부모로부터 물려받기도 하지. 하지만 대체로 에이즈는 사악한 행동 때문에 얻는 병이란다. 하나님의 법에 순종하는 사람들은 대부분 그런 무서운 병으로부터 보호를 받지."

"담배를 피우면 암에 걸려요." 샤론이 의견을 더했다.

"그래. 담배 피우는 것은 하나님 믿는 사람들이 피해야 되는 또 하나의 위험한 습관이야." 어머니가 동의했다. "성경에 우리 몸은 하나님의 성전이라고 했어. 그러니까 만일 우리가 진심으로 하나님을 존중한다면, 그의 성전을 더럽히면 안 되는 거야. 담배를 피우면 이가 새카매지고 입에서 악취가 나며 허파에 타르 같은 독이 낀단다. 젊은 사람이라도 담배를 피우는 사람은 체력이 약해지고, 심지어 오랫동안 담배를 피우다가 무섭고 고통스러운 암으로 죽는 사람도 많아."

"맥주나 술을 마시는 것도 나빠요." 로라가 눈을 동그랗게 뜨고 말했다.

"그것도 위험한 것 중의 하나야." 아버지가 동의했다. "술을 마시면 온갖 종류의 질병이 따라온단다. 잠언 20장 1절에 '포도주는 거만하게 하는 것이요 독주는 떠들게 하는 것이라 이에 미혹되는 자마다 지혜가 없느니라.'고 했어. 이 경고에 귀를 기울이는 사람은 많은 질병과 고통을 막을 수 있단다."

"또 있어요. 만일 우리가 하나님 말씀에 순종해서 정숙한 옷차림을 하면, 한여름에 몸을 드러내고 다니다가 피부암에 걸리는 사람들이 그렇게 많지는 않을 거예요." 피터가 자기 생각을 말했다. "하나님의 법에는 다 중요한 이유가 있어요."

"하나님 믿는 사람은 크게 다치거나 이른 나이에 죽는 일도 많지 않아요." 티미가 깊이 생각한 뒤에 말했다. "왜냐하면, 싸우거나 서로 해치거나 하지 않으니까요. 그리고 술을 마시고 운전하다가 사고를 내지도 않아요. 법규를 위반하며 차를 너무 빨리 몰고 가다가 사고를 내지도 않고요!"

"하나님 믿는 사람은 나쁜 약을 먹지도 않아요." 샤론이 또 다른 예를 생각해냈다.

"왜 그렇다고 생각하니?" 아버지가 질문을 던졌다.

"왜냐하면 나쁜 약은 하나님의 성전을 더럽게 만들고 해롭게 하기 때문이에요." 샤론이 즉시 대답했다. "그리고 불법 마약 같은 것은 법에 어긋나는데, 믿는 사람들은 법을 잘 지키잖아요!"

"참, 일리 있는 생각이로구나, 샤론." 아버지가 대견하다는 듯 말했다. "그 두 가지 이유는 매우 중요해. 분별력 있는 사람은 하나님의 법과 나라의 법을 지키기 때문에 위험으로부터 안전하게 보호를 받게 된단다."

"예수님을 사랑하는 사람은 마음이 행복하고, 행복한

사람은 더 건강하게 살지." 어머니가 조용히 덧붙였다.

"자, 건강을 지키는 데 필요한 제1규칙은 이거야."
아버지가 결론을 맺었다. "주 여호와 하나님을 사랑하
고 그의 계명에 순종하는 것! 그것이 바로 지혜와 명철
의 근본이란다."

슬기로운 자는 재앙을 보면 숨어 피하여도 어리석은 자는
나가다가 해를 받느니라.   잠언 22:3

2
건강한 양심
시편 32:1-5

"어머나, 새로 산 칼이 언제 이렇게 됐지?" 밀러 부인이 부엌에서 서랍을 열면서 말했다. 그녀는 손에 반짝이는 스테인리스 과도를 든 채 당황하면서도 애석한 표정을 짓고 있었다.

"엄마, 왜 그래요?" 피터가 궁금하다는 듯 물었다. 아침 식사를 하던 그는 식탁에서 일어나 어머니 곁으로 왔다.

"칼끝이 구부러졌어." 어머니가 작은 칼을 보여주면서 말했다.

피터는 칼 끝을 말없이 쳐다보았다. 날카롭고 뾰족했던 끝 부분이 그가 마지막으로 본 그때처럼 구부러져 있었다. 피터는 아무 말도 하지 않았다.

"내가 얼마 전에 세트로 사 준 그 칼 말이에요?" 밀러 아버지가 물었다.

"맞아요. 누군가 그 끝을 아주 단단한 것에 대고 두드린 것 같아요." 어머니가 아쉬운 어조로 말했다. "누가 그랬을까? 피터, 티미. 너희가 이 칼을 썼니?"

"아니요, 엄마. 나는 안 그랬어요." 티미가 즉시 반응했다.

"아니요. 저도 그 칼로 뭘 깎지 않았어요." 피터도 따라 말했다. "저는 제 칼이 있는 걸요." 피터는 심장이 쿵쾅쿵쾅 뛰었고, 귓불이 뜨겁게 달아올랐다. 그는 고개를 숙인 채 시리얼을 한 입 더 먹었다. 그것은 피터가 좋아하는 건포도 시리얼이었지만, 지금은 마치 나무 부스러기를 씹는 것 같았다.

"내가 마지막으로 봤을 때는 이 칼이 멀쩡했는데." 샤론이 말했다. "그리고 로라는 그렇게 할 수도 없고. 안 그래요?"

"아니, 엄마. 난 칼로 아무것도 안 했어요." 로라가 얼른 한마디 했다.

밀러 부부는 잠시 서로의 얼굴을 쳐다보았다. 그리고 어머니는 부엌 싱크대로 돌아서서 당근을 잘랐다. 세

15

아이들 도시락에 넣어 줄 간식이었다. "당근 자르고 하는 데는 아무 문제 없어." 어머니가 말했다. "끝만 망가졌으니까. 혹시 내가 일하다가 나도 모르는 새 이렇게 됐을지도 모르지."

피터는 가능한 한 빨리 그 자리를 떠났다. '사실, 난 솔직하게 말했어.' 그는 양치질하면서 자신에게 그렇게 말했다. '뭘 깎는 데 사용한 적은 없으니까. 그 칼로 얼어붙은 냉동 딸기를 떼어내려고 하다가 칼끝이 그만 부엌 싱크대를 쳐서 그렇게 됐으니까. 내가 일부러 그런 것도 아니고. 하지만 내가 그랬다고 말하기는 싫어. 그러면 모두들 내가 손재주가 모자라서 그런 줄 알 테니까. 게다가 아버지께서 나더러 그 칼 값을 물어내라고 하실지도 모르잖아!'

피터는 이렇게 자신을 달랬지만, 마음속에서 들리는 양심의 목소리를 잠재울 수는 없었다. '너는 속이고 있어.' 잔잔하고 조용한 음성이 계속 들렸다. '그 칼을 구부러트린 게 네가 아니라고 말했지만, 사실은 네가 그랬어!'

그날 온종일 피터의 마음에는 회색빛 죄책감의 그늘이 드리웠다. 그것은 실제로 피터의 마음을 괴롭히고

겁을 주고 하는 일마다 아무런 재미가 없게 만들었다. 그 칼에 대해서 잊고 즐거운 마음을 가지려고 애를 쓸 때마다, 자신이 한 말이 마음속에서 홍수처럼 밀려 올라왔다. '넌 거짓말을 했어! 속였어! 이제 어떻게 할 거야?'

피터가 집에 돌아왔을 때 그는 기분이 나쁘고 짜증이 났다. 로라가 놀아달라고 했을 때도 퉁명스럽게 거절했다. 심지어 오빠를 보고 웃으며 담요 위에서 꾸물거리는 아기조차도 평소처럼 큰 오빠 피터의 마음을 환하게 해줄 수 없었다. 그리고 피터가 물을 마시러 부엌에 들어갔을 때, 어머니는 저녁 식사를 준비하느라 그 문제의 칼로 채소를 자르고 있었다!

'내가 그랬다고 어머니께 말씀을 드려야겠어.' 피터가 이렇게 생각했다. '지금 당장. 아무도 보지 않을 때…. 하지만 그럴 수가 없어. 말이 안 나와. 어쨌든 나는 완전한 거짓말을 한 건 아니야.' 그리고 그는 말없이, 그리고 재빨리 부엌에서 빠져나갔다.

그날 밤 피터는 바다에서 수영하는 꿈을 꾸었다. 바닷물은 따뜻하고, 맑고, 상쾌해서 매우 기분이 좋았다. 그러다 갑자기 꿈이 악몽으로 변했다! 날카로운 무언가

18

가 그의 바지 엉덩이를 낚아채더니 아래로 끌고 내려갔다. 그는 벗어나려고 미친 듯이 발버둥을 쳤다. 어느 순간 몸을 돌려서 보니 그를 낚고 있는 것은 다름 아니라 바로 그 칼이었다. 끄트머리가 구부러진 어머니의 칼이었다! 어찌 된 영문인지 그 칼은 거대하게 되어 캄캄하고 숨이 막힐 듯 바다 깊은 곳으로 그를 끌어당기는 것이었다! 피터는 곧 물에 빠져 죽을 지경이었다. 그는 비명을 질렀다! 하지만 입에서는 오로지 희미한 소리밖에 나오지 않는 것이었다!

그 순간 바다는 사라지고, 피터는 자신이 침대 위에 앉아 있는 모습을 발견했다. 그의 심장은 마구 뛰었고, 이마에는 구슬땀이 흘러내렸다. 하지만 이제 위험에서 빠져나왔다!

"옆으로 더 가." 옆에 누웠던 티미가 잠결에 중얼거렸다. "형이 이불을 둘둘 말아서 다 가져가 버렸어."

피터는 다시 누웠다. 하지만 잠이 들기까지는 오랜 시간이 걸렸다. '아, 그 칼을 구부러트리지만 않았더라면!' 그가 생각했다. '왜, 내가 그랬다고 솔직하게 말하지 않았을까?'

아침이 되자 피터는 맥이 빠지고 눈꺼풀이 감기는 것

같았다. 또다시 그는 양심의 목소리를 잊으려고 노력했지만 온종일 괴로웠다.

오후에 집에 돌아오자 피터는 소파에 앉아 책을 읽으려고 했다. '스위스 패밀리 로빈슨' 책이었다. 그때 부엌에서 나직한 목소리가 들렸다. "티미, 엄마가 솔직하게 고백할 게 있어." 어머니가 티미한테 말하고 있었다. 엿들으면 안 되는 줄 알았지만, 피터는 귀를 쫑긋 세우고 들었다. "오늘 아침에 네가 나한테 뭘 먹고 있느냐고 물었지? 엄마가 땅콩을 먹는다고 한 말 기억나니? 사실 나는 초콜릿 땅콩을 먹고 있었단다. 네가 그걸 더 먹겠다고 할까 봐 엄마가 그렇게 말했어. 하지만 나는 진실을 전부 말한 게 아니고, 너를 속였단다. 그것은 잘못이야. 엄마가 잘못했다."

피터의 귓불이 또 달아올랐다. "진실을 전부 말한 게 아니고... 너를 속였단다!" 그 말이 피터의 마음에 울려 퍼졌다. 자신이 바로 그렇게 하지 않았던가? 엄마도 어린 동생한테 그렇게 고백하는데 피터가 고백 못할 것이 뭐란 말인가? 하지만 언제 고백하지?

그날 저녁 말씀 공부 시간에 밀러 아버지는 시편 32편을 읽었다.

"'허물의 사함을 받고 자신의 죄가 가려진 자는 복이 있도다. 마음에 간사함이 없고 여호와께 정죄를 당하지 아니하는 자는 복이 있도다. 내가 입을 열지 아니할 때에 종일 신음하므로 내 뼈가 쇠하였도다. 주의 손이 주야로 나를 누르시오니….'

이 말씀은 양심의 죄책감에 대해서 가르쳐주고 있구나." 아버지가 가족들한테 말했다. "양심의 죄책감은 사람을 병들게 한단다. 잘못한 게 있을 때나 죄를 지었을 때, 나쁜 술책을 썼을 때, 그것을 고백하고 제거해 버리지 않으면 밤낮으로 괴로움을 당하지."

"술책이 뭐예요, 아빠?" 로라가 물었다.

"술책은 속임수나 잔꾀를 부리는 거야." 아버지가 대답했다. "거짓말을 한다든지 다른 사람을 속이는 거지. 혹시라도 진실이 아닌 말을 했을 때는 반드시 그것을 고백하고 올바로 고쳐야 된다. 깨끗한 양심이 건강한 양심이야. 반면 양심에 죄책감이 있으면 무거운 짐을 지는 것과 같지.

얘들아!" 아버지가 가족들을 사랑스럽게 쳐다보며 이어서 말했다. "양심의 죄책감으로 고통당할 때 가만히 있어서는 안 된다! 만일 마음에 걱정이 있거나 죄책감이 있으면, 엄마 아빠한테 말해라! 그럴 때 부모가 필요한 거야. 우리는 너희의 잘못을 올바로 고쳐주고 너희가 다시 행복해지도록 도와줄 수 있단다. 양심에 거리낌이 있으면 절대로 그걸 감추지 마. 우리가 잘못을 고백하고 나면 다시 자유를 얻고 행복을 느끼게 된단다!"
아버지가 성경을 계속 읽었다.

"'내 허물을 여호와께 자복하리라 하고 주께 내 죄를 아뢰고 내 죄악을 숨기지 아니하였더니 곧 주께서 내 죄악을 사하셨나이다.'"

'지금이야.' 피터는 결심했다. '지금 고백해야 돼. 그렇지 않으면 또 겁이 날 거야!' 그는 소파에서 몸을 꿈틀거리며 아버지가 시편을 다 읽을 때까지 기다렸다.

"'마음이 정직한 너희들아 다 즐거이 외칠지어다!'"
그것이 마지막 구절이었다.

'나도 마음이 정직한 자가 되야겠어.' 피터가 생각했다. 그리고 앞으로 몸을 굽혔다. "저, 아빠." 그는 떨면서 말했다. "제가, 고백할 게 있어요. 제가….."

이제 모두 피터를 쳐다보고 있었다. 그는 침을 꿀꺽 삼킨 뒤 계속 말했다. "제가 어머니 칼을 구부러트렸어요. 그리고 진실을 말하지 않았어요. 잘못했어요!"

그날 밤 침대에 누웠을 때 피터는 마음의 자유를 느
낄 수 있었다. 왜 그런지는 몰라도 이제 더 이상 무서운
꿈을 꾸지 않으리라는 것을 알았다! 속인 것을 정직하
게 털어놓는 일은 쉽지 않았다. 하지만 건강한 양심을
얻기 위해서라면 얼마든지 할 가치가 있는 일이었다.

3
샤론이 왜 활기가 없을까
잠언 127:2

밀러네 집은 캄캄해졌다. 집 밖에는 추운 겨울 바람이 윙윙거리고 눈발이 쉭쉭거리며 창문 유리창을 때렸다. 하지만 집 안은 고요했다. 부모의 침대 옆에 아기 침대에는 아기 베스가 쌔근쌔근 자고 있었다. 티미와 피터는 마치 겨울잠 자는 곰처럼 포근한 이불 속에서 자고 있었다. 로라는 자기가 좋아하는 인형을 껴안고 자고 있었는데, 얼굴에 미소를 머금은 걸 보니 달콤한 꿈을 꾸는 게 분명했다.

아래층 부엌에는 작은 회색쥐가 홀로 야식을 즐기고 있었다. 부엌 조리대 위에 쪼그리고 앉아 흩어져 있는 해바라기 씨를 콩알만한 두 발 사이에 쥐고 야금야금 먹어대고 있는 그 놈을 만일 밀러 부인이 봤다면, 얼마나

24

기겁을 했을까!

그런데 알고보니 한 밤중에 깨어 있는 것은 쥐새끼만이 아니었다. 소녀들 방에서 희미한 불빛이 스며져 나왔다. 두둑한 누비 이불 밑에서 샤론이 책을 읽고 있었던 것이다. 그녀는 따스한 이불을 텐트 삼아 편안히 엎드려, 한 손에 재충전하는 커다란 손전등을 쥐고, 또 한 손에는 책을 들고 있었다.

누가 밀러네 아이들 아니라고 할까봐서, 샤론도 책을 대단히 좋아했다! 마침 오늘 그녀는 학교 도서관에서 새 책을 빌려왔다. 마리타라는 책인데, 오래 전 멕시코 고아원에서 자란 가난한 고아 소녀의 이야기였다. 아, 마리타한테는 슬픈 일이 계속 일어났다! 샤론은 이제 루이스가 마리타한테 결혼해달라고 하는 부분까지 읽었는데, 그 다음을 읽을 새가 없었다. '무슨 일이 일어나는지 알아야지, 그렇지 않으면 도무지 잠을 못자겠어!' 그래서 샤론은 몰래 책을 읽고 있었다.

시계바늘은 느릿느릿 움직였고, 샤론은 책을 한 장 한 장 넘겼다. 마리타의 고달픈 인생은 마침내 그녀가 예수님을 믿고 구원 받는데에 이르렀다. '아, 진짜 재밌다!' 샤론은 몸을 뒤집으며 책을 침대 옆 작은 탁자 위에 놓고 안도의 한숨을 내쉬었다. '아니, 열두 시 삼 분이잖아! 샤론은 화들짝 놀랐다. 언제 시간이 이렇게 많이 지났지?' 그녀는 손전등을 침대 밑에 넣어놓고 누워서 눈을 감았다.

아침이 되자 샤론은 일어나기가 힘들었다. 휘청대며 학교 갈 준비를 하는 동안 눈이 계속 감겼다. 문득 침대 옆 탁자 위에 마리타 책이 눈에 들어오자, 어젯밤 무슨 일을 했는지 기억이 났다. '손전등을 얼른 재충전시켜야겠다.' 샤론이 생각했다. '어젯밤에 이미 건전지가 거의 다 닳아버렸으니까!' 그녀는 희미한 미소를 지으며, 누가 볼 새라 얼른 손전등을 들고 아래층으로 내려갔다.

샤론이 학교에 도착하니 피곤함이 눈 녹은 듯 사라졌다.

"와, 마리타를 벌써 가져 왔어?" 친구가 말했다. "너 다음에 내가 읽으려고 했어. 넌 이제 루시 윈체스터 읽으면 되겠다." 일레인이 학교 도서관에서 가져온 책을 들어 보였다. 그리고 두 소녀는 각각 그 책을 빌렸다.

그날 밤 샤론은 책과 손전등을 함께 가지고 침대로 갔다. 아무도 없는 곳에서 홀로 책을 읽으니 어른이 된 기분이었다. 밤에는 조용하고 평화롭고 어린 동생들이 시끄럽게 하지도 않고 어머니를 도와드릴 일도 없었다. 샤론은 자기가 무슨 잘못을 한다고는 생각지 않았다. 사실 부모님은 밤중에 책을 읽으면 안된다고 말씀하신 적이 없다. 게다가 부모님이 허락하시지 않은 책을 읽는 것도 아니었다. '난 이제 열네 살이야.' 샤론은 우쭐한 마음이 들었다. '그러니 언제 잠자리에 들어야하는지 스스로 판단하고도 남지!'

그리하여 샤론은 밤 늦게 책읽는 버릇이 생겼다. 물론 매일 밤 그런 것은 아니었다. 하지만 재미있는 책이 생길 때마다 그녀는 손전등을 가지고 잠자리에 들었다. 그녀는 쏜살같이 책을 읽었다. 풍성한 포도원, 폴리애나, 초원의 집, 그리고 위인들의 어린시절 시리즈를 모두다 읽었다.

며칠이 몇주가 되고, 샤론은 잠이 부족한 기미가 나타났다. 그녀가 피곤해하고 쉽게 짜증을 낸다는 사실을 가족들 모두 눈치챘다. 늘 반짝거리던 눈빛이 희미해지고 빨개졌다. 눈 밑은 마치 멍이 든 것 처럼 거무스름했다. 학교에 가면 종종 머리가 띵했고, 운동 시간이나 쉬는 시간에 평소처럼 신나게 놀 수 없었다.

그러다 어느 수요일, 샤론은 중요한 역사 시험을 망쳐 버렸다! 그 전날 밤 그녀는 서부 개척지 전도자 이야기를 읽느라 시험 공부를 못했다. 보통 때 같으면 샤론은 시험공부를 많이 하지 않아도 좋은 점수를 받을 수 있었다. 하지만 그날은 머리가 어질어질했다! 정답이 뭔지 생각해내려고 애썼지만, 수많은 용어와 연도가 뒤죽박죽되어 뭐가 뭔지 알 수가 없었다. 시험지를 내려고 선생님 책상으로 걸어가던 샤론은 금세 울음이 터질 것 같았다. '보나마나 낙제 점수를 받을 거야.' 샤론은 속으로 울었다. '도대체 내가 왜 이러지?'

하지만 그날 그 보다 더 안 좋은 일이 일어났다! 그날 밤 밀러네 교회에서는 기도회가 있었다. 샤론은 찬송가를 부르고 말씀 묵상하는 동안은 깨어 있을 수 있었다. 하지만 모두다 무릎을 꿇고 기도에 들어가자, 졸음이 그녀를 덮쳤다. 반대편에 앉아 있던 할아버지가 굵고 깊은 목소리로 느릿느릿 기도를 했다. 바닥에 무릎을 꿇은 샤론은 긴의자에 두 팔을 대고 배게 삼아 머리를 얹었다. 자근자근 기도 소리는 자장가가 되어 그녀를 깊은 잠으로 몰고 갔다.

별안간 샤론이 놀라 벌떡 일어났다. 등이 오싹했다.

'무언가 단단히 잘못 됐구나!' 그녀가 고개를 들자, 자기 혼자만 바닥에 무릎을 꿇고 있었던 것이다. 기도 시간은 끝나고 모두다 제자리에 앉아 있었다! 로라가 그녀의 어깨를 다독거리며 깨웠고, 어머니는 염려스러운 눈빛으로 그녀를 쳐다보았다. 몇몇 소녀들이 작은 소리로 키득거렸다.

당황해서 얼굴이 확 달아오른 샤론은 재빨리 바닥에서 일어나 의자에 앉았다. '교회 사람들 모두 날 쳐다봤을까? 아, 어디론가 숨어버렸으면!' 이제 졸음이 완전히 달아났다. 그녀는 기도회가 끝날 때까지 비참한 심정으로 앉아 있었다.

그날 밤 어머니가 밤인사를 하려고 샤론 침대에 왔을 때, 침대 밑 무언가 딱딱한 것에 발이 부딪혔다. 몸을 굽혀 보니 크고 네모진 손전등이 있었다. "이 손전등이 왜 여기 있지?" 어머니가 이상하다는 듯 물었다.

샤론은 또다시 얼굴이 새빨개졌다. "어젯밤에 사용하고, 제자리에 갖다 놓는 걸 잊었어요." 그녀가 얼버무렸다.

지혜로운 어머니는 천천히, 이제야 무슨 일이 일어났는지 알겠다는 듯한 눈빛을 띠었다. "샤론, 이 손전등으로 뭘 했니?" 그녀가 따져 물었다.

샤론은 이제 들켰다는 걸 알았다. "아… 그냥 책 읽었어요." 그녀가 기어들어가는 목소리로 말했다.

"어젯밤에만 침대에서 책 읽은 건 아니지, 안 그러니?" 어머니가 캐물었다.

"네." 샤론이 대답했다. "하지만 침대에서 책 읽지 말라고는 안 하셨잖아요!"

"그래서 지난 몇 주 동안 계속 침대에서 책을 읽은 게로구나, 그러니?" 어머니가 말했다. "몇 시까지 읽고 잠을 잤니?"

"모르겠어요." 샤론이 머뭇거렸다. "어떨 땐 열두 시, 어떨 땐 그보다 더 늦게요."

어머니는 샤론의 침대에 걸터앉았다. "아빠와 난 너 때문에 걱정하고 있었어, 샤론. 네가 요즘 그전처럼 건강하고 즐겁지 않았거든. 그런데 왜 그런지 알 수가 없었어. 이제 문제가 어디 있었는지 알겠어. 넌 단순히 잠이 부족했던 거야."

어머니는 손전등을 들고 계속 말했다. "이 손전등은 사용하고 난 뒤 반드시 재충전을 해야 된다. 그리고 반드시 일정 시간동안 충전해야만 건전지가 다시 재충전

돼. 만일 이 손전등을 재충전하지 않고 계속해서 사용하면 어떻게 되지?"

"그러면 건전지가 닳아버려요." 샤론이 대답했다. "그리고 불빛이 희미해져요."

"그래. 바로 네가 그렇게 된 거야." 어머니가 설명했다. "하나님은 우리가 매일 밤에 잠을 자는 동안 몸을 재충전하도록 만드셨어. 넌 잠 잘 시간을 이용해서 책을 읽었고, 네 몸의 건전지가 닳아버린 거야. 하나님께서 정해주신 건강 규칙 중 하나는 충분히 잠을 자는 거란다."

어머니는 샤론의 성경을 집어 시편 127편을 폈다. "2절을 보자. '너희가 일찍이 일어나고 늦게 누우며 수고의 떡을 먹음이 헛되도다 그러므로 여호와께서 그의 사랑하시는 자에게는 잠을 주시는도다.' 하나님은 우리가 잠을 충분히 자기를 원하셔. 그러면 우리 몸과 마음이 하나님의 일을 가장 잘 할 수 있단다."

"얼마나 자는 게 충분한 거예요?" 샤론이 겸연쩍은 듯 물었다.

"나이에 따라 다르지." 어머니가 대답했다. "아이들은 어른보다 더 많이 자야 돼. 너 같은 십대는 매일 적어도 아홉 시간을 자야 돼. 네가 매일 아침 일곱 시에 일어나니까, 늦어도 밤 열 시면 자야 돼. 이제 열 시구나." 어머니가 자리에서 일어났다. "이제부터 침대에서 책 읽는 건 안 돼! 엄마 아빠가 잠자리에 들라고 하면, 너희가 침대에 가서 잠자란 뜻이야." 그녀는 딸에게 입을 맞추고 방에서 나갔다.

샤론은 이불 속에 들어가 눈을 감았다. 교회에서 얼마나 창피를 당했는지 생각하니 몸이 오싹했다. '그 건강 규칙을 이렇게 힘들게 배웠구나!' 그녀가 씁쓸한 표정을 지었다. '이제부터 잠은 충분히 자야겠어!'

4
몸을 깨끗이
출애굽기 40:31-32

"티미, 그 옷 며칠 동안이나 입었어?" 샤론이 미심쩍다는 듯 물었다. 그녀는 어린 남동생이 학교에 가려고 입은 파란색 셔츠와 검은색 바지를 보며 코를 틀어막았다.

"글쎄, 일주일 반 정도 됐을 거야." 티미는 아무렇지도 않게 대답했다.

"티머시 밀러!" 그의 누나가 야단치듯 말했다. "당장 그 옷을 벗어서 빨래통에 넣고, 새 옷으로 갈아입어. 그러지 않으면 어머니께 말씀드릴 테니까! 어머니가 최소한 일주일에 두 번은 옷을 갈아입으라고 말씀하셨어. 선생님도 너한테서 악취가 난다고 생각하실 거야!"

"그렇게 까다롭게 굴게 뭐야. 이 옷은 더럽지 않은

데?" 티미가 투덜거렸다. "나는 항상 집에 오자마자 이 옷을 벗어놓았고, 진흙 같은 것도 묻은 적이 없는데!" 하지만 단단히 결심한 샤론의 얼굴을 보자 티미는 자기 방으로 돌아가서 깨끗한 셔츠와 바지를 꺼냈다.

"잊지 말고 양말도 새 걸로 신어!" 샤론이 아래층으로 내려가면서 말했다.

하지만 티미의 수난은 거기서 끝나지 않았다. "티미 오빠 귀 뒤에 누렇게 때가 끼었어." 아침 식탁에 티미 옆에 앉아 먹고 있던 로라가 키득거리며 말했다.

"저런, 티미. 어젯 밤에 귀 뒤를 안 씻고 잤니?" 어머니가 조용히 물었다.

"안 씻은 것 같아요." 티미가 인정을 했다. 그리고 그는 어머니가 서랍을 열고 수건을 꺼내는 모습을 바라보며 겁에 질렸다. 다음에 무슨 일이 일어날지 잘 알고 있었던 것이다. "아야! 아야!" 그는 비명을 질렀지만, 어머니는 아랑곳하지 않고 티미의 두 귀 뒷부분이 말끔하게 씻어질 때까지 수건으로 박박 문질렀다. "귀에 불이 난 것 같아요!" 불쌍한 티미가 웅얼거리며, 고개를 숙여 시리얼을 한 숟가락 떠먹었다.

"네 머리는 건초더미 같구나." 아버지가 벙글거리며

말했다. 식사를 끝낸 아버지는 식탁에서 일어나서 주머니에 있던 빗을 꺼냈다. 컵에 물을 따라 빗을 한번 적신 후 헝클어진 막내아들의 머리카락을 단정하게 빗겨주었다.

"아파요!" 빗이 뭉쳐진 머리카락을 지나가자 티미가 또 소리를 질렀다.

"머리를 자주 빗으면 이렇게 헝클어지지 않지." 아버지가 말했다.

샤론과 피터는 서둘러 이 층으로 가서 양치질을 했고, 티미는 어슬렁거리며 따라갔다. 하지만 티미는 목욕탕 밖에서 자기 차례를 기다리고 있는 동안 학교에 가져가고 싶은 물건이 떠올랐다. 책가방을 다 챙기고 나자 티미는 양치질하는 것을 아예 잊어버렸다.

"티미, 양치질했니?" 세 명의 아이들이 학교에 가려고 떠날 때쯤 샤론이 티미에게 물었다. "어? 너 안 했구나! 얼른 가서 양치질하고 와!" 그녀가 지시했다.

티미는 계단을 두 칸씩 뛰어 올라가 칫솔을 집었다. '이가 깨끗하니까 기분이 좋아. 양치질하고 나니 입안이 상쾌해!' 티미가 생각했다.

쿵쾅거리며 다시 아래층으로 내려온 티미는 마룻바닥

에 앉아 신발을 신었다.

"어휴! 티미! 신발에 진흙이 잔뜩 묻었어." 피터가 지적했다. "걸레를 가져와서 닦지 그래?"

"모두 다 나만 괴롭혀!" 드디어 티미가 울상이 되어 말했다. "왜, 그렇게 깨끗해야만 되는 거야?"

"티미, 엄마가 네 신발 닦는 걸 도와줄게." 어머니가 미소를 지으며 티미를 격려해주었다. "자, 깨끗하니까 기분 좋지 않니?" 드디어 티미가 학교 갈 준비를 마치자 어머니가 물었다. "참 보기 좋은데! 기분도 좋지, 안 그러니?"

"그런 것 같아요." 티미가 마지못해 대답했다. "하지만 깨끗하게 하는 건 정말 귀찮은 일이에요!"

"날마다 깨끗하게 하는 습관을 들이면, 그렇게 귀찮은 일이 아니야." 어머니가 말했다. "양치질이나 귀 뒤를 씻는 것, 머리 빗질 같은 것은 날마다 해야 돼. 그러면 훨씬 쉬워질 거야."

"학교 버스가 온다! 어머니, 다녀올게요." 피터가 소리쳤고, 밀러네 아이들은 곧 사라졌다.

"안녕, 얘들아." 티미의 선생님이 책상에 앉은 아이들한테 인사를 했다. "오늘은 너희들 모두 깨끗하고 반짝거리는구나! 오늘 우리 반이 사진 찍는 날이란 걸 모두 기억해서 참 다행이다."

티미는 숨이 막히는 듯했다. '나는 오늘이 사진 찍는 날이란 걸 완전히 잊어버리고 있었어!' 곧바로 티미의 마음에는 따스한 기운이 감돌았다. 오늘 아침 그가 깨끗하고 단정하게 되도록 온 가족이 그를 도와주지 않았던가! '가족들이 도와줘서 정말 다행이다!' 그는 마음속으로 생각했다.

"오늘 저녁에는 몸을 깨끗하게 하는 습관에 대해서 이야기를 하자." 말씀 공부를 하려고 거실에 모인 가족들한테 아버지가 말했다. "하나님은 그의 백성들이 깨끗하기를 원하신다. 물론 깨끗한 마음을 가지는 게 제일 중요하지. 하지만 몸을 깨끗하게 하는 것도 중요하단다. 레위기에는 청결에 관한 법과 전염병을 예방하는 수백 가지의 법이 기록되어 있지. 하나님의 백성은 예배를 드리기 전에 목욕을 하고 옷을 빨아서 입었단다. 그리고 병을 앓고 난 후나 병자와 접촉하고 난 뒤에도 그렇게 했어. 고대 이스라엘민족은 음식을 먹기 전에 손을 씻었고, 시체를 만지게 되면 반드시 목욕을 했지. 하나님께서 그런 법을 주신 데는 다 그럴만한 이유가 있단다."

"이제 성경에서 청결에 관한 구절을 함께 찾아보자. 레위기만 제외하고."

아기와 어린 로라를 제외한 모두가 책장을 뒤적거리는 소리가 들렸다.

"이사야 1장 16절." 샤론이 재빨리 말했다. "'너희는 스스로 씻으며 스스로 깨끗하게 하라.'"

"출애굽기 40장 31절에서 32절." 어머니가 덧붙였다. "'모세와 아론과 그 아들들이 거기서 수족을 씻되 그들이 회막에 들어갈 때와 제단에 가까이 갈 때에 씻었으니 여호와께서 모세에게 명령하신 대로 되니라.'"

"마태복음 6장 17절." 티미가 말했다. "'너는 금식할 때에 머리에 기름을 바르고 얼굴을 씻으라.'"

"에스겔 36장 25절." 피터가 말했다. "'맑은 물을 너희에게 뿌려서 너희로 정결하게 하되….'"

"창세기 18장 4절." 아버지가 소리를 내 읽었다.

"'물을 조금 가져오게 하사 당신들의 발을 씻으시고 나무 아래에서 쉬소서.'"

"출애굽기 19장 10절." 샤론의 차례였다. "'여호와께서 모세에게 이르시되 너는 백성에게로 가서 오늘과 내일 그들을 성결하게 하며 그들에게 옷을 빨게 하고.'"

"요한복음 9장 7절." 피터가 또 다른 구절을 찾았다. "'[예수께서] 이르시되 실로암 못에 가서 씻으라 하시니 (실로암은 번역하면 보냄을 받았다는 뜻이라) 이에 가서 씻고 밝은 눈으로 왔더라.'"

"저도 하나 알아요." 로라가 말했다. "나아만이 일곱 번 목욕하자 하나님께서 그의 문둥병을 없애주셨어요!"

"로라, 참 잘했다." 아버지가 칭찬했다. "이 구절들은 우리 마음을 깨끗하게 하라는 뜻도 포함되어 있어. 하지만 우리에게 깨끗이 하라고 하신 말씀이 무척 많은 걸 알 수 있어. 깨끗하게 하는 것과 건강하게 되는 것은 무슨 관계가 있을까? 왜 우리가 몸을 깨끗하게 해야 되는지 그 이유를 생각할 수 있겠니?"

"만일 우리가 음식 먹을 때 손을 씻지 않으면 우리 음식에 병균이 들어가서 병에 걸릴 수 있어요." 로라가 지혜롭게 말했다.

"목욕을 안 하는 사람은 몸에 종기가 나고 피부병이 생겨요." 피터가 말했다.

40

"상처가 났을 때 청결하게 하지 않으면, 거기에 병균이… 병균이…." 티미가 말을 하다가 막혔다.

"병균이 전염되지." 샤론이 도와주었다. "그리고 머리를 감지 않으면 그 기름기 때문에 이마에 여드름이 생기고."

"집안이 더러워도 거기에 사는 사람들이 병에 걸릴 수 있단다." 어머니가 아이들한테 말했다. "내가 어릴 때 어떤 가족이 있었는데, 그 집은 너무나 더럽고 지저분했어. 부엌은 말할 수 없이 더러웠고, 쓰레기 냄새가 났어. 쌓아놓은 설거지에 파리가 왱왱거리며 날아다녔지. 우리들은 그 집에 절대로 가고 싶지 않았어. 마룻바닥에는 쓰레기, 장난감, 더러운 옷들이 널브러져 있었고, 음식이 떨어져 있었어."

"웩!" 샤론이 몸서리를 쳤다.

"실제로 그 집의 가족들은 자주 아팠어." 어머니가 계속말했다. "폐렴, 피부병, 감기, 몸살 등을 번갈아가면서 앓았지. 내 부모님께서는 그 집의 불결한 공기가 많은 질병의 원인이 되는 게 분명하다고 말씀하셨어. 불결한 곳에서는 병에 걸리기가 훨씬 더 쉽단다!"

가족들이 기도를 마친 뒤 티미는 잠잘 준비를 하러 이

층으로 올라갔다. '오늘 밤에는 누가 아무 말 안해도 내
스스로 양치질하고 귀 뒤를 씻어야지.' 그가 생각했다.
'이제부터 내 몸을 깨끗이 해야겠어!'

5

우쭐대는 헨리

잠언 16:18

"피터, 오늘 조심해야 된다." 밀러 아버지는 피터가 차에서 파란색 자전거를 들어 올리는 것을 도와주며 진지한 음성으로 말했다. "자전거 탈 때 안전 규칙 잘 알지? 어리석은 행동, 뽐내는 행동하면 안 된다. 잘못하면 자전거 타는 날이 엉망이 될 수 있으니까!"

"알았어요, 아빠. 조심할게요. 다녀오겠습니다!" 피터는 자전거를 타고 학교 건물로 달려가면서 쾌활하게 인사를 했다. 드디어 오늘은 자전거 타는 날이다. 피터는 기뻐서 환성을 지르고 싶었다. 매년 켄 선생님은 고학년 학생들한테 자전거를 학교에 가져오게 했다. 자전거 안전수칙을 모두 들은 후에, 학생들은 자기 자전거를 타고 켄 선생님을 따라서 8킬로미터 정도 되는 시골

길을 따라 달린다. 그리고 선생님 댁에 가서 마당에서 점심을 먹고 공놀이를 한다.

이제 피터는 6학년이 되었기 때문에 마침내 자전거 타기에 함께 갈 수 있게 되었다!

피터와 그의 친구들은 아침 말씀공부 시간에 차분히 앉아 있으려고 애썼지만, 교실 안에는 흥분의 기운이 일렁댔다. 켄 선생님은 이번 달에 잠언을 가지고 공부했는데, 오늘은 16장을 읽었다. "얘들아, 여기 18절 말씀을 오늘 자전거 타는 날에 적용해서 실천하기 바란다." 그는 미소를 머금은 채 격려했다.

켄 선생님은 반 아이들을 둘러보더니 9학년인 샤론에게 물었다. "'교만은 패망의 선봉이요 거만한 마음은 넘어짐의 앞잡이니라.' 샤론, 이 말씀이 오늘 자전거 타는 날에 어떤 의미가 있을까?"

"제 생각에는 잘 탄다고 뽐내지 말아야 된다는 뜻이에요. 뽐내며 우쭐하다가 넘어질 수가 있으니까요!"

"바로 그거야." 켄 선생님이 고개를 끄덕이며 대답했다. "오늘 차가 다니는 도로에서 자전거를 탈 때 너희들 모두 판단을 잘해야 되고 책임감 있게 행동해야 된다. 자랑하거나 묘기를 부리는 것은 금물이다. 핸들을 놓고 달리거나 앞바퀴를 들어 보이거나 속도경쟁을 하면 안 된다. 우리 모두 질서 정연하게 모든 안전수칙을 지켜서 달려야 된다."

피터는 친구 헨리를 슬쩍 쳐다보았다. '헨리, 알았지?' 그는 눈으로 이렇게 말했다. 하지만 헨리의 기운 빠진 얼굴은 이렇게 말하고 있는 게 분명했다. '아, 괴로워! 이런 안전수칙대로 달리면 재미가 하나도 없잖아!' 켄 선생님이 두 아이를 쳐다보자 그들은 책상 위의 성경책으로 눈을 떨어트렸다.

말씀공부 시간이 끝나자, 반 아이들은 조급한 마음으로 수학 공부를 마쳤다. 10시가 되자 자전거 부대는 출발준비를 완료했다! 팔락거리는 어린 새들처럼 열아홉 명의 아이들은 재잘대고 웃으며 마지막으로 한 번 더 자전거의 상태를 점검했다. "모두 타이어가 팽팽하고 체인이 잘 감겨있는지 확인했겠지?" 켄 선생님이 어수선한 아이들한테 말했다. "자, 이제 모여라." 자전거 열아홉 대가 선생님의 자전거 주변으로 모여들었다. "고개를 숙이고 기도드리자." 이렇게 말하며 선생님은 안전을 위해서 간단하게 기도를 드렸다. "도로에 나갔을 때 우리가 모두 믿는 사람의 좋은 본보기가 돼야 한다는 것을 기억하게 도와주십시오. 예수님 이름으로 기도 드립니다. 아멘!"

'드디어 출발한다!' 피터는 가슴이 설렜다. 자전거 부대는 켄 선생님 뒤를 따라 서서히 도로 쪽으로 움직였다. 처음에는 천천히 달리다가 점점 빨라졌다. 아이들은 자전거를 도로의 오른쪽으로 붙여서 달렸고, 차가 지나갈 때는 모두 한 줄로 정렬을 했다. 상쾌한 아침 공기, 화사한 햇볕, 쾌적한 온도는 자전거 타기에 적격이었다. 피터는 친구들 뒤에서 달렸다. 맨 앞에는 조슈아, 그리고 앤디와 헨리가 달렸다. 포장도로를 쌩쌩 달리는 바퀴 소리가 경쾌하게 들렸다.

그러다가 헨리가 피터와 나란히 달리게 되었다. "이건 정말 시시해." 그가 중얼댔다. "켄 선생님, 마치 꼬부랑 할머니 같지 않아? 규칙, 규칙, 규칙. 핸들을 놓고 달려서도 안 된다니, 그건 좀 너무 하잖아? 우리가 뭐 어린 아기들이냐?"

"헨리, 그러지 마. 너무 우쭐대지 말라고." 피터가 주의를 주었다. "재미있는데 뭘 그래? 네가 기분을 망쳐 버리려고 그래?" 피터는 속도를 약간 줄여서 헨리가 앞으로 진행하게 했다.

"산악용 자전거 탈 때는 핸들을 놓고 달려도 아무 문제 없어." 헨리가 고집을 피웠다. "봐!" 앞쪽에서 켄 선생님이 보고 있는지 얼른 확인한 뒤에 그는 핸들에서 손을 떼어 높이 들어 보였다. "방법만 터득하면 하나도 위험할 게 없다고!" 그가 떠벌였다.

"그만둬. 뽐내기 대장, 헨리!" 조슈아가 경고했다. "선생님께서 그러지 말라고 하셨잖아."

"설마, 너까지 잔소리하려는 건 아니겠지?" 헨리가 비꼬았다. 그는 커브를 돌 때에 핸들을 잠시 잡았다가 다시 두 손을 들었다. 급기야 7학년 여학생 세 명이 지나갈 때는 그들 앞에서 팔짱을 끼며 허리를 세운 채 턱을 치켜들었다. 반짝반짝 윤이 나는 그의 새 자전거는 마치 화살이 날아가듯 도로를 따라 미끄러져 내려갔다.

하지만 헨리가 가는 길 앞쪽에 작은 자갈들이 깔린 것을 아무도 보지 못했다. 두 손을 들고 도로에서 눈을 떼고 달려가는 헨리도 물론 그것을 보지 못했다! 느닷없이 콰당! 소리가 들렸다. 헨리의 앞바퀴가 비틀비틀하더니 한쪽으로 기울었다. 핸들이 홱! 돌아갔고, 화들짝 놀란 헨리는 미처 대처할 사이도 없이 붕 떠서 앞으로 날아갔다. "아이고!" 그는 한쪽 팔로 떨어져 길 가의 자갈밭을 미끄러지며 고통스러운 비명을 질렀다. 그의 뒤로 주인을 잃은 자전거가 내동댕이쳐졌고, 아스팔트 위에 반짝이는 빨간색 페인트 자국을 남겼다. 헨리 뒤를 따라오던 피터는 사고를 피해 아슬아슬하게 핸들을 꺾어 도로변의 풀밭으로 들어갔다. 그 뒤에 오던 소녀는 넘어져 있는 헨리의 자전거에 쾅 부딪히며 비명을 질렀다. 다른 아이들은 재빠르게 피해 가며 브레이크를 밟고서 소리쳤다.

"켄 선생님! 도와주세요! 도와주세요! 사고가 났어요!" 그러자 자전거부대가 일제히 정지했다. 선생님은 황급히 뒤로 와서 말할 수 없는 좌절감에 빠진 헨리를 일으켜 세웠다.

헨리는 더 이상 크고 용감한 헨리가 아니었다. 그는 매우 작고 불쌍해 보였다. 눈물과 피가 섞여서 흘러내렸고, 자갈밭에서 긁힌 얼굴 부위는 흙이 묻어 검은색이 되었다.

"어머나, 차마 못 보겠어!" 한 여자아이가 울면서 뒤로 돌아섰다.

"내 팔!" 헨리가 신음했다. "팔을 움직일 수가 없어."
손목이 힘없이 덜렁거리는 친구의 모습을 보고 피터

의 마음도 미어졌다. '팔이 부러졌구나.' 그가 생각했다. '헨리는 한동안 자전거를 탈 수 없겠는데!'

켄 선생님이 아이들을 불러모았다. "얘들아, 이쪽으로 오너라. 근처의 집에 들어가서 전화를 해야겠다." 선생님은 부상당한 학생을 부축해서 그를 풀밭 위에 쉴 만한 곳으로 데리고 간 뒤 재킷을 벗어 그의 어깨에 덮어주었다. 켄 선생님이 근처의 집으로 가서 문을 두드리는 동안 피터, 조슈아, 그리고 헨리의 형이 말없이 헨리 주변을 지키고 있었다.

'우쭐대지 말지….' 피터는 마음속으로 괴로운 듯 한숨을 쉬었다. '헨리가 자전거 타는 날을 망쳐버렸어! 교만은 넘어짐의 선봉이야….' 하지만 피터는 그 말을 할 필요가 없음을 잘 알고 있었다. 불쌍한 헨리는 충분히 벌을 받고도 남았던 것이다!

마침내 선생님이 돌아왔다. "헨리, 어머니께서 너를 데리러 오실 거다. 그때까지 내가 여기서 너와 함께 기다려주겠다." 그는 다른 아이들을 불러모았다. "우리 집까지 1킬로미터도 안 남았다. 그러니까 너희들은 도로에 있는 것보다 자전거를 타고 먼저 가거라. 마빈, 네가 인도를 해라." 그는 키가 큰 9학년 소년한테 말했다. "나도 일이 끝나는 대로 곧 가겠다."

"그래서 오늘 자전거 타는 날은 네 생각보다 더 대단했겠구나?" 그날 저녁 피터의 말을 듣고 아버지가 말했다. "그리고 헨리는 그가 원했던 것보다 더 아슬아슬한 경험을 했겠지! 이번에는 그가 확실히 교훈을 얻어야 할 텐데. 자전거를 타고 우쭐대는 것도 위험하지만, 차를 운전할 때 그렇게 하면 훨씬 더 위험하단다. 그뿐 아니라 너희가 사고 난 헨리를 피해 가려고 도로에서 대열이 흐트러졌을 때 만일 차라도 달려왔다면 어쩔 뻔했니? 무서운 사고가 날 수도 있는 일이었어! 주님께서 오늘 너희를 보호해주셨구나."

'나는 헨리를 따라 하지 않기를 정말 잘했어.' 피터가 생각했다. '자전거든 뭣이든 실력 자랑해서 좋을 건 하나도 없어!'

자전거 탈 때 주의사항

1. 도로에서 달리는 차와 (반대방향이 아니라) 같은 방향으로 달린다.

2. 차가 많이 다니는 길이나 보도에서는 한 줄로 달린다.

3. 앞에 가는 차와 충분한 거리를 두고 달리며, 보행자에게 양보한다.

4. 자전거의 모든 부속이 잘 정비되었는지 확인한다.

5. 길을 건널 때는 자전거에서 내려서 걸어간다.

6. 자전거에 두 사람이 타거나 과시해서는 안 되며, 차들 사이로 다니면 안 된다.

교만은 패망의 선봉이요 거만한 마음은 넘어짐의 앞잡이니라.　　　　　　　　　　　　　　　　　잠언 16:18

6
네 개의 눈
잠언 20:12

"엄마, 엄마는 왜 안경을 쓰셨어요?" 어느 날 오후 로라가 어머니한테 물었다.

"엄마 눈이 근시안이라서 안경을 써야 돼." 어머니가 어린 딸한테 설명을 했다. "눈 안에 있는 어떤 근육의 기능이 약화된 거야. 그래서 안경을 쓰지 않으면 모든 것이 흐릿하게 보이거든. 안경이 없으면, 멀리 있는 것은 전혀 볼 수가 없어. 내가 어릴 때 하늘에 있는 별들을 볼 수 없었는데 안경을 쓴 다음 처음으로 봤어."

"왜 눈이 그렇게 됐어요?" 티미가 여동생 옆에 서서 궁금해했다.

"왜 그런지는 나도 몰라." 어머니가 말했다. "어떤 사람은 태어나면서부터 그렇고, 어떤 사람은 나이가 들면서 그렇게 되지. 또 어떤 사람은 눈을 잘 보호하지 않아서 그렇게 되기도 해. 비록 내가 안경을 써야만 잘 볼 수 있다고 해도, 나는 볼 수 있는 것에 매우 감사한단다. 하나님은 나한테 볼 수 있는 눈을 주셨고 언젠가 천국에 가면 완벽한 눈을 얻게 될 거야."

"하나님은 제게 좋은 눈을 주셨어요. 하늘에 있는 별들이 다 보이거든요!" 로라가 좋아하며 말했다.

"너희의 눈은 아주 귀한 선물이란다." 어머니가 아이들한테 말했다. "그러니까 눈을 잘 보호해야 된다. 그리고 절대로 안경 쓴 친구들을 놀려서는 안 된다!"

옆 방에 있던 피터는 그 대화를 모두 들었다. 하지만 아무 말도 하지 않았다. 눈에 관한 이야기가 나오면 어쩐지 불편한 마음이 들었다. 피터는 그의 눈을 걱정하고 있었던 것이다! 최근에 학교에서 켄 선생님이 학생들 자리를 새로 배치했는데, 피터는 맨 끝에 앉게 되었다. 그리고 선생님이 칠판에 쓰는 글씨가 잘 안 보인다는 사실을 깨달았다. 그뿐 아니라 머리도 아팠다. 피터는 책 읽기를 매우 좋아했는데, 요즘에는 책을 읽다 보면 머리가 아프기 시작했다. 부모님께서는 염려가 되셔서 눈 검사를 해야겠다고 말씀하신 적이 있었다.

'난 안경 쓰기 싫어!' 피터가 속으로 외쳤다. '정말 괴로운 일이야! 내 친구들은 아무도 안경을 안썼어. 한 명만 빼고….' 갑자기 피터의 생각이 멈췄다. 그는 조셉에 대해서 생각하고 싶지 않았다. 죄책감을 느꼈기 때문이다. 조셉이 지난주에 처음으로 안경을 끼고 학교에 왔을 때 소년들이 모두 그를 놀렸다.

"눈 두 개로 안보여서 이제 눈 네 개를 달았냐?" 피터가 조셉한테 큰 소리로 말했고, 다른 친구들도 덩달아 따라 했다. "눈 네 개, 조셉!" "눈이 네 개래!" 선생님이 오시자 그제서야 모두 그만두었다.

'만일 내가 안경을 끼고 학교에 가면 나도 놀림감이 되겠지.' 피터는 겁이 났다. '절대로 안경을 안 쓸 거야. 내 눈은 다시 좋아질 거야!' 그는 책장을 넘기고 다시 이야기에 집중했다.

"피터, 책을 너무 눈 가까이 대고 읽는구나." 몇 분 후 어머니가 방을 지나가면서 말했다. "그러면 눈에 좋지 않아. 책을 조금 더 멀리하면 글씨가 잘 안 보이니?" 염려가 된 어머니의 이마에 살짝 주름이 졌다.

"네? 잘 안보이다뇨!" 피터가 화가 난 듯이 말했다. 그는 책을 다시 무릎에 놓았다. "이렇게 해도 얼마든지 잘 보여요!"

"책은 반드시 눈에서 30센티 정도 떨어진 거리에 놓고 읽어야 돼." 어머니가 말했다. "그러면 눈이 글씨를 읽기에 무리가 가지 않고 가장 적당하단다. 그리고 책을 읽거나 글을 쓸 때는 반드시 허리를 펴고 똑바로 앉아야 된다. 누워서 책을 읽는 것도 눈에 해로워."

그날 저녁 식사가 끝난 뒤, 피터는 자기 방에 올라가서 계속해서 책을 읽었다. 어둠이 내리자, 피터는 책상 등을 켜고 침대 가장자리에 앉아서 읽었다. 그 책은 신나는 개의 모험이야기였고, 그는 계속해서 읽고 또 읽었다. 눈 뒤쪽으로 머리가 아픈 것을 느꼈지만, 그는 통증을 무시하고 계속 읽었다. '책을 읽을 때는 오래 계속 읽지 말고 중간중간 눈을 쉬게 해야 된다고 엄마가 말씀하셨어. 그리고 가끔씩 멀리 있는 것을 바라보아야 된다고 하셨어. 그래야 눈의 근육이 휴식을 취하는 거라고.' 피터가 기억했다. 하지만 그는 잠자리에 들기 전에 그 책을 끝내고 싶었다! 등이 피곤해지기 시작하자, 피터는 침대에 가로질러 누워서 책을 얼굴 위로 들었다. 책에 나오는 사냥개는 늙고 꾀많은 라쿤의 발자취를 격렬히 추격하고 있었다! 피터는 책장을 넘겼다.

그때 별안간 그의 눈앞에서 책이 사라지고 모든 것이 까맣게 변했다. 그는 침대에서 벌떡 일어나 앉았고 그의 심장은 무섭게 요동을 쳤다. '내 눈!' 피터가 생각할 수 있는 것은 오직 그것뿐이었다. '내가 시력을 잃었어!' 그는 마구 눈을 깜빡이며 머리를 흔들었고, 다시 눈을 깜빡여보았다. 하지만 그의 눈에 보이는 것이라고는 완전한 어둠뿐이었다. 그는 자기 손을 눈앞에 흔들어보았지만, 그것마저도 보이지 않았다. '아, 내가 왜 그렇게 오랫동안 책을 읽었을까?' 괴로움으로 그의 심장이 박동했다. '게다가 누워서 책을 읽었으니. 엄마가 그렇게 하면 안 된다고 하셨는데. 이제 나는 영원히 눈이 안보이게 된 걸까?'

피터의 공포는 끝없이 계속되는 것만 같았지만, 사실 그것은 일 분밖에 되지 않았다. 그리고 침묵을 깨는 로라의 외마디 소리가 건너편 방에서 들려왔다. "엄마! 무슨 일이에요? 캄캄해졌어요!" 그녀가 울었다.

"전기가 나갔구나!" 어머니가 대답했다. "로라, 괜찮다. 엄마 여기 있어."

"제가 손전등을 가져올게요!" 티미가 얼른 말했다.

그리고 아버지의 나지막한 목소리가 부엌에서 들렸

다. "티미, 그걸 이리로 가져와라. 촛불을 켜야겠다."

알고 보니 그의 눈이 아니라, 전기가 나간 것이었다! 그리고 온 가족이 모두 아무것도 보지 못하고 있었다! 안도의 한숨을 쉬면서 피터는 다시 침대에 벌렁 드러누워 마구 뛰던 가슴이 가라앉을 때까지 기다렸다. 고개를 돌려 창문 밖을 보니, 눈의 동공이 조금씩 열리면서 달빛이 어슴푸레 보였다. 그는 난생처음 눈으로 볼 수 있다는 사실에 진심으로 하나님께 감사를 드렸다. '나는 진짜로 눈이 멀게 된 줄 알았어!' 그의 얼굴에 서서히 미소가 일었다. '다시는 책을 읽지 못하고, 다시는 밖에서 햇빛을 보지 못하고, 공놀이도 못하고, 아기 베스가 귀엽게 노는 모습도 보지 못하는 줄 알았어!'

그리고 홀연히 피터는 안경을 끼는 것이 알고 보면 그리 대단한 일이 아니라는 것을 깨달았다. 그가 오직 이 세상의 아름다운 것들을 볼 수만 있다면, 어떻게 해서라도 그렇게 할만한 가치가 있었던 것이다. '이제부터 더 조심해야겠어. 책을 읽을 때는 반드시 환한 불빛 아래서 읽고, 눈이 너무 피곤해지지 않도록 쉬어주고. 만일 안경을 써야 된다면 흠... 그래도 보지 못하는 것보단 낫지!'

피터는 일어나서 더듬더듬 문 손잡이를 열었다. 이제 가족들의 저녁 말씀 공부 시간이었다. 오늘은 촛불을 켜놓고 한다!

"오늘 밤에는 빛이 없으니까, 성경을 많이 읽지는 않겠다." 아버지가 말했다. "단, 잠언에서 한 구절만 읽어보자.

'듣는 귀와 보는 눈은 다 여호와께서 지으신 것이니라.' 이 잠언 20장 12절은 우리의 시력이 하나님께서 창조하신 선물임을 알게 해준단다. 우리한테 좋은 눈을 주신 하나님께 감사를 드려야 돼! 우리는 오늘 밤에 볼 수 없다는 게 얼마나 괴로운지 잠시 경험을 해보았다! 어떤 사람은 평생을 어둠 속에서 살고 있어. 날 때부터 소경으로 태어난 사람이 예수님께서 눈을 뜨게 해주셨을 때 어떻게 느꼈을지 한번 상상을 해봐라! 전에는 한 번도 볼 수 없었던 아름다운 세상을 둘러보며 얼마나 기뻤겠니?"

"눈을 잘 돌보는 좋은 방법에는 어떤 것들이 있을까?" 어머니가 아이들한테 질문을 던졌다.

"햇빛이나 자동차 헤드라이트처럼 강한 불빛을 직접 들여다봐서는 안 돼요." 샤론이 제일 먼저 말했다.

"눈에 어떤 뾰족한 도구도 가까이 해서는 안 돼요. 루이 브레일(시각장애인을 위한 점자판을 발명한 사람)이 그렇게 해서 어릴 때 눈이 멀었어요." 티미가 덧붙였다.

"다른 사람의 안경을 써봐도 안돼요. 그러면 눈에 안 좋아요." 로라가 어머니가 가르쳐준 것을 기억했다.

"책을 읽을 때 밝은 불빛에서 읽고, 책을 너무 가까이 보지 말고, 자세는 똑바로 해야 돼요." 피터가 단숨에 말했다.

"눈을 비비거나, 눈으로 장난해도 안돼." 어머니가 계속 말했다. "눈은 매우 예민한 부분이거든."

"우리한테 좋은 눈을 주신 걸 하나님께 감사드리자." 아버지가 결론을 맺었다.

"자, 이제 촛불 아래서 찬송을 부를까?"

그날 피터는 잠자리에 들어가면서 또 한 가지를 결심했다. '내일 학교에 가면 조셉한테 잘못했다고 사과를 해야겠어. 눈이 네 개라고 놀려서 미안하다고.'

듣는 귀와 보는 눈은 다 여호와께서 지으신 것이니라.

잠언 20장 12절

7

불장난

야고보서 3:5

"여기 와서 이것 좀 봐." 필립이 말했다. 작지만 흥분이 감도는 그의 목소리에 다른 남자아이들이 모두 그의 주변으로 몰려들었다.

"뭔데? 돋보기잖아? 난 또 뭐, 대단한 거라고!" 프랭크가 말했다.

"얘들아, 다시 하던 일로 돌아가자." 티미가 나뭇잎을 긁어모으며 큰 소리로 말했다. 어머니날 파티가 시작되기 전에 먼저 학교 마당을 깨끗이 치워야 돼!"

"그게 아니고, 얘들아! 내 말 좀 들어봐!" 필립이 계속 설득했다. "돋보기로 불을 만들 수 있어. 돋보기로 햇빛을 모으면 돼. 그러니까 나뭇잎을 다 긁어모으고 나서 그걸 불에 태워버리자. 오늘은 햇빛이 강하니까 쉽게 불이 붙을 거야. 그리고 나서 어머니들이 학교에 오시면 보여 드리자고!"

"어라? 우리 엄마는 그걸 안 좋아 하실 텐데..." 유진이 말했다. "엄마는 항상…."

"성냥으로 장난하면 안 된다 그거지? 나도 알아." 티미가 말했다. "하지만 이건 성냥이 아니잖아. 이건 과학 실험이라고! 필립, 우리 해보자."

"와! 신 난다. 얼른 나뭇잎을 긁어모아!" 프랭크가 합세하자 네 명의 남자아이들은 열성적으로 작업에 들어갔다. 그날은 어머니날 전 주의 금요일이었고, 화창한 봄날 아침이었다. 조이 선생님은 그날 오후에 반 아이들의 어머니들을 모두 초대해서 학교에서 작은 파티를 열기로 했다. 어떤 아이들은 레몬주스를 만들었고, 어떤 아이들은 교실을 장식했다. 티미와 그의 친구들은 학교 마당을 청소하기로 했다. 며칠간 날씨는 계속 따뜻하고 비가 안와서 조이 선생님은 야외에서 어머니들한테 간식을 대접하기로 계획했다.

어느새 네 명의 소년들은 나뭇가지, 마른 풀, 마당 구석에 쌓여있던 작년에 떨어진 낙엽 등을 한 더미 모았다. 그들은 그 주변에 쭈그리고 앉았고, 필립이 다시 돋보기를 주머니에서 꺼냈다. "내가 해볼게!" 프랭크가 애원했지만, 필립은 돋보기를 그에게서 멀찌감치 가져갔다.

"이건 내 거야. 그러니까 내가 불을 만들거야." 필립이 주장했다. "너희들 조금 뒤로 물러서!" 그는 돋보기를 풀더미 위로 뻗쳐서 이리저리 기울이며 태양의 직사광선이 풀더미 위에 곧바로 내리쪼이게 했다. 강한 빛 때문에 티미는 눈을 제대로 뜰 수 없었지만, 필립은 움직이지 않고 돋보기를 잘 조준하고 있었다.

"점점 뜨거워지는데!" 유진이 숨을 죽이며 말했다. 작은 밤색 반점이 풀더미 위에 생겼고, 그것은 급속히 커졌다. 순식간에 작은 불꽃이 풀더미를 핥기 시작했다!

"불이 붙었어! 네가 해냈어!" 티미가 환호를 했다.

"이건 그저 연습이야." 필립이 말했다. "돋보기로 불을 붙일 수 있는지 시험을 해보고 싶었거든. 이제 불을 끄고, 어머니들이 오시면 그때 다시 불을 붙이자."

"불이 조금 더 타게 내버려 둬." 유진이 애원했다. "재밌잖아!" 그는 기다란 막대기로 타닥거리는 작은 불꽃을 쑤셔서 더 넓게 퍼지게 했다.

"이제 그만 해!" 프랭크가 놀라서 소리쳤다. "그러다

가 풀더미에 몽땅 불이 붙겠어!" 그는 황급히 불붙은 나뭇가지를 쥐고 불꽃을 밟아 끄려고 했다. 필립과 티미도 재빨리 일어나 그를 도왔다. 하지만 그들의 예상을 뒤엎고 불꽃은 꺼지지 않았다! 불의 혀가 양 사방으로 튕겨져나갔고, 풀더미 전체가 불에 타고 있었다. 이제 소년들은 어찌할 바를 모른 채 뜨거운 불에서 뒤로 물러나 풀더미가 타올라 가는 것을 바라볼 뿐이었다. 놀란 그들은 이제 공포에 사로잡혔다. 작은 불길 하나가 학교 마당의 마른 풀밭 위를 시냇물처럼 타고 내려갔다.

"발로 밟아! 불이 점점 더 퍼진다!" 티미가 비명을 질렀다. 그와 필립과 유진은 미친 듯이 날뛰며 번져가는 불길을 신발로 밟아서 끄려고 했다. 프랭크는 죄책감과 공포에 얼어붙은 듯 멍하니 바라보고만 있다가 마침내 울음을 터트렸다. 그는 눈물을 주르르 흘리면서 돌아서서 학교로 달려갔다. 그리고 온힘을 다해 소리쳤다. "불이야! 불이야! 도와줘요!"

건조한 날씨 탓에 불길이 닿는 것마다 확 타올랐다. 몇 분 후 풀더미에 붙은 불은 걷잡을 수 없이 넓게 퍼지더니 건초로 가득한 마른 도랑 쪽으로 번져 나갔다. 점점 세력을 얻은 불길은 이제 많은 새들이 둥지에 새끼를 낳아 놓은 근처의 숲으로 번졌다! 불이 타는 소리 때문에 소년들은 그들 뒤에서 학교 창문이 열리는 소리도 듣지 못했다.

"얘들아! 티미, 필립, 유진!" 선생님이 다급히 그들을 불렀다. "얼른 이쪽으로 와라! 켄 선생님께서 소방서에 전화하셨어."

소년들은 말없이 무감각한 상태로 교실로 돌아갔다.

"신발을 벗어라!" 조이 선생님이 문간에 서 있다가 말했다. "신발이 온통 새카맣구나!"

티미는 놀라서 발을 내려다보았다. 정말로 학교 갈 때 신는 좋은 신발이 숯처럼 새카매졌고 군데군데 불에 그슬려 있었다. 그리고 바지 곳곳에 구멍이 났다. 불꽃이 튀는 바람에 바지가 상한 것이다.

잠시 후 멀리서 소방차 사이렌 소리가 들렸다. 소방차가 학교에 가까워지면서 그 소리는 점점 커졌다. 네 대의 소방차가 학교 주차장에 도착하자 사이렌 소리에 귀가 찢어질 듯했다. 두 대는 물탱크차, 조금 더 작은 한 대는 빨간색 소방차, 그리고 또다른 한 대는 소방 대장이 타고 온 차였다. 검은색 외투에, 기다란 검은색 부츠, 그리고 빨간색 헬멧을 쓴 소방 대원들이 차에서 뛰어내려 소화작전을 짰다.

선생님들은 학생들이 모두 학교 건물 앞에 나와서 그
것을 보도록 허락해주었다. 티미와 필립, 유진, 프랭크
는 괴로워서 어찌할 줄 몰라하며 모여있었다. 조금 있
으면 어머니들이 파티하러 오시겠지만 이미 어머니날
파티는 망쳐버렸다!

드디어 소방 대원들이 불길을 제압하자, 숯과 재가 봄
바람에 날려 올라갔다. 불은 이미 마을의 숲을 제법 태
우고 근처의 밭도 일부 태워버렸다.

"건조해서 마른 풀에 불이 붙었나 본데... 어떻게 이
렇게 큰불이 됐을까?" 소방 대장이 헬멧을 벗어 이마에
땀을 닦으며 지친 듯이 이렇게 말했다. "불이 어떻게 시
작되었습니까?" 그가 켄 선생님한테 물었다. 모든 아이
들이 티미와 세 명의 친구들을 비난하는 눈빛으로 바라
보았다. 그들은 아주 멀리 달아나고 싶은 심정이었다!
켄 선생님이 소방 대장한테 설명하는 동안 그들은 부끄
러워 얼굴이 빨갛게 달아올랐다.

그날 저녁 밀러 아버지는 그 안타까운 소식을 듣고 나
서 심각한 얼굴로 고개를 설레설레 흔들었다. "그 사건
을 들으니 이 성경 구절이 생각나는구나. '이와 같이 혀

도 작은 지체로되 큰 것을 자랑하도다 보라 얼마나 작은 불이 얼마나 많은 나무를 태우는가!' 야고보서 3장 5절. 너희가 한 것처럼 작은 불꽃 하나가 대체로 어마어마한 고난을 불러온단다! 그래서 부모님들이 이런 말을 하는 거야. '불장난은 절대로 해서는 안 된다!'"

티미의 선생님도 같은 생각을 하셨던 것 같다. 월요일이 되자 네 명의 소년은 쉬는 시간에 친구들이 봄날의 햇볕 아래서 공놀이하는 동안 밖에 못 나가고 교실에 남아 있어야 했다. 필립, 프랭크, 유진, 티미는 칠판에 쓰인 문장을 몇 번이고 반복해서 공책에 써야 했다.

'이와 같이 혀도 작은 지체로되 큰 것을 자랑하도다 보라 얼마나 작은 불이 얼마나 많은 나무를 태우는가.' 절대로 불장난 하면 안 된다!

'이와 같이 혀도 작은 지체로되 큰 것을 자랑하도다 보라 얼마나 작은 불이 얼마나 많은 나무를 태우는가.' 절대로 불장난 하면 안 된다!

'이와 같이 혀도 작은 지체로되 큰 것을 자랑하도다 보라 얼마나 작은 불이 얼마나 많은 나무를 태우는가.' 절대로 불장난 하면 안 된다!

티미 밀러의 화재 안전 규칙

1. 성냥, 라이터, 촛불, 혹은 불을 붙일 수 있는 그 어떤 물건도 가지고 놀지 않는다.

2. 다른 아이들이 불장난하는 것을 보면 즉시 어른께 신고한다.

3. 난로나 전열기에 종이나 옷을 가까이 두지 않는다. 석유, 풀, 기름 등은 불에서 멀리 둔다.

4. 절대로 담배를 피우지 않는다.

5. 전기기구의 코드가 상하거나 찢어졌으면 사용하지 않는다.

6. 옷에 불이 붙으면 절대로 뛰지 말고, 바닥에 누워 뒹굴뒹굴 굴러서 끈다.

7. 집에는 반드시 화재경보장치를 설치한다.

이와 같이 혀도 작은 지체로되 큰 것을 자랑하도다 보라 얼마나 작은 불이 얼마나 많은 나무를 태우는가….
야고보서 3:5

8
생기
창세기 2:7

"피터, 네가 지금 숨을 쉬고 있다는 걸 어떻게 아니?"

놀란 피터는 무릎에 있던 성경에서 눈을 떼어 올려다보았다. "당연하죠, 아빠!" 그가 아버지한테 대답했다. "숨을 쉬지 않으면 벌써 죽었을 텐데요! 호흡은 자동으로 하는 거예요."

"맞았어, 피터." 아버지가 껄껄 웃었다. "하나님은 우리의 허파가 자동으로 기능을 하도록 지으셨다. 그래서 우리가 생각하지 않아도 계속해서 숨을 쉴 수 있도록 말이야. 하지만 올바로 숨을 쉬는 방법이란 게 있단다. 우리가 올바로 호흡하면, 에너지를 적게 들이고도 더 많은 산소를 몸에 공급할 수 있어. 그러면 몸에 더 힘이 나고 쉽게 피곤해지는 것도 막을 수 있지."

"어떻게 숨을 쉬어야 되는데요?" 티미가 궁금하다는 듯 물었다.

"잠시 후에 보여줄게." 아버지가 대답했다. "지금은 먼저 우리의 허파가 어떻게 만들어졌는지를 생각해보자. 성경을 펴서 창세기 2장 7절을 다 같이 읽어보자.

'여호와 하나님이 땅의 흙으로 사람을 지으시고 생기를 그 코에 불어넣으시니 사람이 생령이 되니라.'

하나님께서 첫 번째 사람 아담을 우리 몸과 똑같이 지으셨단다. 아담의 코에는 콧구멍이 두 개 있고, 그 안에는 기관지가 있어서 두 개의 허파에 연결되어 있어. 아담의 허파는 마치 두 개의 풍선과 같은데, 그게 납작해졌다가 다시 부풀어 오르기를 반복하지. 하나님은 최초에 그의 숨으로 아담의 허파를 부풀게 하셨고, 그때부터 아담은 숨을 쉬기 시작했어. 하나님은 그에게 생기를 주셨지! 그 이후로 우리는 숨을 쉬어야만 살 수 있게 됐단다."

아버지가 계속 설명했다. "허파 안에는 아주 작은 공기주머니가 3백만 개 들어있어. 그 공기주머니를 얇게 편다면, 아주 큰 학교 교실만큼 넓은 면적을 덮을 수 있어."

"정말요?" 티미가 물었다.

"우리 몸의 모든 세포가 생명을 유지하려면 산소가 필요해. 산소는 우리가 마시는 공기 중에 가장 중요한 요소지. 우리 몸의 세포가 일을 하고 나면 이산화탄소라고 하는 공기가 생성되고, 그것을 몸 밖으로 버려야 된다. 호흡은 우리가 산소를 몸 안으로 가져오고, 이산화탄소를 몸 밖으로 내보내는 기능을 하는 거야. 너희들, 숨을 쉬는 좋은 습관이 어떤 것인지 생각해볼 수 있겠니?"

"담배를 피우면 안 돼요." 피터가 즉시 대답했다. "우리 동네에 메일 씨가 병이 났었는데, 그는 담배를 피워서 허파가 못쓰게 되어 돌아가셨어요!"

"그래. 흡연은 우리 몸에서 생기를 훔쳐가는 나쁜 것이다." 아버지가 진지하게 말했다. "담배는 한 개피도 피워보아서는 안 된다!"

"신선한 공기를 마셔야 돼요." 샤론이 거들었다. "실내에서 하루종일 일하는 사람은 좋은 산소를 충분히 마시기 어려워요."

"자세가 올바를 때에 호흡을 올바로 할 수 있어." 어머니가 덧붙였다. "우리가 똑바로 서고, 똑바로 앉으면, 우리의 허파가 눌리지 않거든. 그러면 필요한 공기를 충분히 들이마실 수 있단다."

"숨을 쉴 때는 입을 다물고 코로 쉬어야 돼요." 로라가 활기있게 말했다. "엄마가 어제 가르쳐주셨어요. 코는 들이마신 공기를 따뜻하게 만들고 먼지를 걸러내거든요."

"맞았어, 로라." 아버지가 미소를 지었다. "이제, 피터. 너한테 실험해볼 게 있어. 여기에 풍선이 있다. 이 풍선을 한 번의 숨으로 불어봐라. 네가 할 수 있는 최대한으로 크게 말이야."

피터는 작은 풍선을 집었다. 숨을 들이마신 후 풍선에 대고 숨을 내쉬었다. "최대한 풍선에 공기를 많이 넣어라, 피터!" 아버지가 격려를 해주었다. 피터는 할 수 있는 한 오래오래 숨을 내쉬었다. 하지만 금세 숨이 모자랐다.

"숨 한번으로는 풍선을 그렇게 크게 불 수가 없어요." 피터가 풍선에 매듭을 지으며 웃으면서 겸연쩍게 말했다.

"이제 모두 허리를 펴고 앉아!" 아버지가 말했다. "이제부터 아빠가 심호흡하는 걸 잘 봐라!" 너희들의 허파가 커다란 주머니라고 상상해. 그리고 그것을 가득 채우는 거다. 허파 맨 아래부터 시작해서..." 아버지의 배가 약간 앞으로 나왔다. "그리고 가슴 가득 채우는데, 위로 위로, 허파 맨 꼭대기까지!" 아버지는 가슴을 넓게 펴고, 어깨를 뒤로 젖혔다.

밀러네 아이들은 그 모습을 보고 낄낄거리며 웃었다. 그리고 나서 그들도 심호흡을 몇 번 연습해보았다.

"자, 피터. 이제 풍선을 다시 한번 불어봐라." 아버지가 똑같은 크기의 풍선을 하나 더 꺼내면서 말했다. "이번에는 아빠가 보여준 것처럼 심호흡한 뒤에 풍선을 얼마나 크게 불 수 있는지 해봐라."

피터는 아버지의 지시에 따라, 깊은숨을 들이마셨다. 그리고 풍선을 입에 대고 그의 허파에 있는 모든 공기를 다 풍선에 불어넣었다.

"와, 이번에는 풍선이 저렇게 커졌어!" 로라가 놀라서 말했다. 피터가 두 번째로 분 풍선은 처음 것보다 훨씬 컸다.

"심호흡할 때 허파가 공기를 얼마나 더 많이 들이마시는지 알겠지?" 풍선 매듭을 짓는 피터한테 아버지가 말했다.

아기 베스가 알록달록한 풍선을 보고 두 팔을 흔들었다. "아기는 풍선에 숨이 막힐 수가 있단다." 어머니가 경고했다. "절대로 아기 혼자 풍선을 가지고 놀게 해서는 안 된다."

"안전 수칙이 또 하나 있어요." 티미가 말했다. "비닐 봉지를 머리에 쓰지 않는다."

"그렇지. 그리고 네 목이나 친구들의 목에 어떤 것도 묶어서는 안 된다." 어머니가 덧붙였다. "그리고 빈 냉장고나 공기가 통하지 않는 곳에 절대 들어가서는 안 된다. 그렇게 하면 공기가 차단되어서 질식해 죽을 수가 있어. 내가 어릴 때 이웃에 어린 남자아이 네 명이 있는 가족이 있었어. 큰 아이 마빈은 일곱 살, 그리고 앤디, 조, 존 이렇게 네 명이 부모님과 농장에 살고 있었어. 어느 여름날 아침 네 아이들이 뭘 하고 놀까하며 집 주변을 돌아다니다가, 근처에 있는 고물을 버리는 공터로 갔어. 그들은 잡다한 낡은 기계들을 가지고 놀았지. 그러다가 아주 낡은 냉동고를 발견한 거야.

'우리 저 속에 들어가서, 에스키모의 이글루 놀이를 하자.' 마빈이 제안했어.

'안 돼, 마빈. 아빠가 절대로 냉동고에 들어가면 안 된

다고 하셨어. 들어가면 못 나올지도 모른다고 하셨어.'
앤디가 말했지.

'아, 그건 어린아이들한테 하는 말이야. 형이 있잖아.
뚜껑을 닫아도 나는 다시 열 수 있어.' 그러면서 마빈이
동생들을 데리고 냉동고로 갔어.

앤디는 기다란 막대기를 찾아보았어. '우리 이 막대기
로 뚜껑을 받쳐놓자. 그래서 뚜껑이 닫히지 않도록 말
이야.' 그가 걱정스러운 듯 말했어. 조와 존은 너무 어
려서 마빈과 앤디가 그들을 떠받쳐서 냉동고에 들어가
도록 도와주었어. 네 명이 모두 냉동고에 들어간 뒤에
그들은 뚜껑을 나무막대기에 받쳐놓았어.

'와, 근사한 집이다!' 조가 좋아서 소리쳤어.

'이건 에스키모의 이글루야. 에스키모는 바로 이런 얼
음집에서 살거든.' 마빈이 으스대며 말했어.

'뚜껑을 닫아도 다시 열 수 있어?' 앤디가 조바심이 나
서 물었다.

'물론이지! 아기처럼 굴지 마. 내가 보여줄게.' 마빈
이 말했어. 앤디가 말릴 새도 없이 마빈은 일어서서 뚜
껑을 받치고 있던 막대기를 쳐서 밖으로 떨어트렸어.
그러자 그만 뚜껑이 닫혀버렸어. 철커덕! 하면서 뚜껑

의 빗장이 걸렸고, 네 소년은 완전히 칠흙 같은 어둠 속에 갇혔지.

'마빈, 얼른 열어 줘!' 앤디와 조가 소리쳤고, 어린 존은 울기 시작했어.

'걱정 마, 열어줄게.' 마빈이 대답했어. 그가 일어서서 뚜껑을 밀었지만, 놀랍게도 그것은 꼼짝도 하지 않았어! 마빈은 온 힘을 다해서 어깨로 그것을 밀었어. 하지만 그 구식 냉동고 뚜껑은 밖에서만 열 수 있게 되어 있었고, 그의 노력은 허사로 돌아갔어. '할 수가 없어!' 그가 숨을 헐떡이며 생각했어.

어린 소년 세 명은 울음을 터트렸고, 마빈은 계속해서 뚜껑을 밀었어. 그는 혹시 다른 구멍이 없는지 더듬어 봤지만, 그건 완전히 밀봉된 냉동고였어. 공포에 질려서 그는 비명을 지르며 주먹으로 벽을 계속 두드렸어.

냉동고는 밀봉되어서 네 소년은 곧 산소가 모자라기 시작했어. 그리고 이산화탄소가 가득한 더러운 공기만 마셔야 했지. 그들은 서서히 그 더러운 공기에 질식하기 시작했고, 심장이 요동하고 머리가 아프면서, 숨을 헐떡이기 시작했어! 그들은 하나하나 기절했지. 마빈은 마지막 남은 힘으로 다시 한번 냉동고 벽을 두드렸어.

바로 그때 가축 사료를 파는 외판원이 그 농장을 지나가다가, 그 농장주인한테 할 얘기가 있어서 그 집에 멈췄어. 소년들의 어머니는 남편이 헛간에 있다고 했고, 그는 헛간을 찾아갔지. 하지만 그곳에도 농장주인이 안 보이자, 그 외판원은 농장 주변을 두리번거렸어. '와, 이 고물들 좀 봐!' 그가 고물 버리는 곳을 지나치면서 생각했어. 그때 갑자기 무슨 소리가 들렸어. '이게 무슨 소리지?' 그가 호기심이 나서 소리가 나는 쪽으로 갔어. '이 낡은 냉동고 안에서 나오는 소린가?' 그는 깜짝 놀라 냉동고 뚜껑을 열었어. 그리고 그가 본 광경에 너무나 놀라서 소리를 질렀어! 네 명의 어린 소년이 그 안에서 눈을 감은 채 새파랗게 변해있었어.

그 외판원은 황급히 그 아이들을 꺼내서 풀밭에 눕혔어. 네 명이 모두 숨을 쉬는지 확인을 한 뒤에 그는 도움을 구하러 달려갔어."

"아이들이 죽었나요?" 티미가 궁금해서 눈을 크게 뜨고 물었다.

"아니. 하나님의 은혜로 그 외판원이 정확한 때에 그곳에 나타났던 거야." 어머니가 대답했다. "네 명의 아이들은 신선한 공기를 마시자 다시 생기를 얻었어. 그로부터 몇 주 동안은 회복하느라 일어나지 못했어. 만일 산소가 없는 상태에서 몇 분만 더 있었더라면 죽었을 수도 있어. 애들아, 절대로 공기가 차단된 곳에서 놀거나 그런 장난을 하면 안된다! 생기가 없으면 우리 모두 죽는 거야."

여호와 하나님이 흙으로 사람을 지으시고 생기를 그 코에 불어 넣으시니 사람이 생령이 된지라.　　　　창세기 2:7

9

티미와 도넛

고린도전서 9:25-27

오늘은 한 학기의 마지막 날이었다. 그리고 아이들은 모두 야외에서 점심을 먹었다. "완벽한 날씨야!" 티미는 좋아서 어쩔 줄 몰랐다. 태양은 반짝이고, 새들은 높은 나무 위에서 노래하고, 그의 가족과 친구들 가족들이 모두 모였다. 그중에서도 제일 좋은 것은 탁자 위에 맛있는 먹거리가 잔뜩 쌓여 있다는 것이다.

여덟 살 남자아이들이 으레 그렇듯 티미는 배가 고팠다. 그는 책과 공책, 그리고 문구류를 모두 책상에서 꺼내어 어머니 차에 실었다. 그리고 친구들과 함께 소프트볼을 하고 나니, 마침내 점심시간이 되었다. 그의 제일 친한 친구 프랭크와 나란히 서서 음식을 덜 차례를 기다리는 동안 그는 탁자 위에 놓인 갖가지 음식을 관찰했다. 닭고기, 채소 요리, 샌드위치, 샐러드. 그리고 젤리, 감자칩, 쿠키, 케이크, 파이. 그런데 여기에 와! 쟁반 가득히 놓인 크림도넛을 보자 티미는 군침이 돌았다.

티미는 모든 종류의 도넛을 좋아했지만, 크림이 든 도넛은 그중에서도 최고였다! 하지만 그는 도넛을 거의 먹을 기회가 없었다. 밀러네 집에서는 단것을 먹지 않기 때문이었다. 하지만 프랭크 어머니는 가끔 그것을 만드셨다. "프랭크!" 티미가 속삭였다. "너희 어머니가 저거 가져오셨어?"

"응. 저거 정말 맛있어. 오늘 아침에 하나 먹어봤거든." 프랭크가 대답했다.

'우리 부모님도 저런 걸 먹게 해주셨으면....' 티미가 생각했다. '오늘 왕창 먹어야지.' 줄은 점점 줄어들었고, 마침내 티미는 자기 접시에 음식을 한가득 덜었다. 그는 닭고기 한 점, 빵 한 개, 감자칩 몇 개, 생야채 썰은 것과 샐러드 드레싱, 젤리 한 개를 덜었다. 거기에 쵸콜릿 케이크 한 조각, 컵케이크를 더하고 나서 크림도넛 쟁반으로 왔다! 티미는 한 개만 가져가는 게 예의라는 것을 알았지만, 그것은 그가 제일 좋아하는 것이었다. 그래서 망설일 것도 없이 그는 세 개를 집어 접시에 올렸다. 티미는 재빨리 주변을 둘러보며 아버지가 보고 계신지 확인했다. '아버지가 무슨 말씀을 하실 지 안 봐도 훤해.' 티미가 생각했다. '틀림없이 정크푸드와 설탕이 얼마나 해로운지 말씀하시고, 그래서 많이 먹으면 안 된다고 하실 거야. 하지만 오늘이 절호의 기회야.'

티미와 프랭크는 곧 풀밭의 그늘진 곳으로 가서 점심을 맛있게 먹었다. 티미는 다른 음식을 맛보기도 전에 크림도넛 두 개를 꿀꺽 먹었다. "으음...." 그는 감탄한 듯 눈알을 굴리고 배를 쓰다듬으며 말했다.

"프랭크, 너희 어머니가 만드신 크림도넛이 최고야!" 접시에 든 음식이 다 없어지자 티미는 상당히 배가 불렀다. 하지만 마지막에 맛본 크림도넛은 너무도 맛있어서 하나를 더 먹고 싶었다! 그는 일어나서 다시 탁자로 걸어갔다. 모두가 다 한 번씩 음식을 덜어갔지만, 거기에는 아직도 크림도넛이 어느 정도 남아있었다.

'와, 신 난다!' 티미가 생각했다. '하나 더 먹어야지!' 그는 후식이 놓인 탁자 바로 옆에 서서, 즉시로 네 번째 크림도넛을 먹었다... 그리고 이번에는 조금 속도를

늦추어 다섯 번째 크림도넛을 먹었다. 그는 난생처음으로 크림도넛을 먹고 싶은 만큼 많이 먹었다! 그리고 끈적끈적한 손가락을 냅킨에 닦은 뒤 느리적느리적 걸어서 물을 마시러 갔다.

물을 마시고 나자 티미는 배가 너무 불러 약간 불편하게 느껴졌다. 그는 바지의 벨트를 풀어 한 칸 늦추고, 친구들과 함께 학교 마당을 돌아다녔다.

"모두 식사를 마치면, 우리 남자들끼리 아빠들과 야구를 할 거야." 프랭크가 신이 나서 말했다. "어른들이 빨리 식사를 끝내셨으면 좋겠는데...."

"가서 글러브를 가져와." 또 다른 친구 매튜가 말했다. "그동안 공 던지기와 받기 연습을 하자."

하지만 티미는 공을 몇 번 던진 후에 게임을 할 기분이 아니라는 것을 느꼈다. 그의 몸은 무겁고 졸리고 늘어지는 기분이었다. "우리 조금 쉬었다 하자." 그가 프랭크한테 부탁했다.

두 소년은 천천히 피크닉 탁자 쪽으로 걸어갔다. 프랭크는 그의 어머니가 만든 크림도넛을 한 개 집었고, 티미도 따라 집었다. 둘은 풀밭에 앉아 그것을 조금씩 조금씩 베어먹었다.

'이 크림도넛은 맛이 이상해.' 티미는 놀라며 이렇게 생각했다. '다른 것들과 맛이 다른걸. 다른 걸 먹어봐야지. 이 씁쓸한 맛을 없애야겠어.' 그는 힘없이 일어나 다시 탁자로 터덜터덜 걸어갔다. 거기에는 마지막 남은 크림도넛이 한 개 있었다. '그만 먹어. 너는 이미 너무 많이 먹었어!' 티미의 양심이 그의 마음속에서 속삭였다. 하지만 티미는 듣지 않았다. 일곱 번째이자 마지막 크림도넛을 집어서 학교 마당의 숲 쪽으로 왔다.

그걸 베어 먹는 순간 그는 실수했다는 걸 깨달았다. 이 크림도넛은 바로 전에 먹었던 것보다 더 씁쓸했다! 그는 입속이 뜨겁게 말랐고, 배는 메슥거렸다. 그 물컹물컹한 크림도넛은 이제 역겨웠다. 티미는 먹다 말고 그것을 슬쩍 버리고 나뭇잎으로 덮어두고 싶었다. 하지만 크림도넛을 버린다는 것은 견딜 수가 없었다! 그는 끈기있게 그것을 베어먹다가 마지막 남은 것을 삼켜버렸다.

바로 그때 학교마당에서 누군가 소리쳤다. "애들아, 가서 야구하자!"

티미는 무거운 몸을 이끌고 뛰어갔다. 아버지와 아들들이 함께하는, 기다리고 기다리던 게임이었다. 그런

데 느닷없이 왜 이렇게 힘이 없고 늘어지는 걸까? 그는
포기하지 않고 야구 방망이와 글러브를 가지고 야구장
으로 갔다. 피터는 이미 와있었고, 아버지와 프랭크와
프랭크 아버지도 계셨다. '그렇게 많이 먹는 게 아니었
는데....' 홈베이스 뒤에 서 있는 티미는 어지러움을 느
꼈다. '나는 이 게임 못하겠어.'

 "티미!" 갑자기 아버지가 불렀다. "너 괜찮니? 얼굴이
창백한 것 같구나." 아버지가 가까이 오더니 그의 얼굴
을 들여다보았다. "어디 아프니?" 그가 조용히 물었다.
 "아니요, 괜찮아요." 티미가 당황해서 대답했다. 그
는 풀밭에 앉아 그의 배팅 순서를 기다리며 신이 난 것
처럼 보이려고 했다.

 순서가 와서 일어서려고 할 때 그는 머리가 어지러웠
다. 2루에 서 있던 아버지는 티미가 걷는 모습을 걱정
스러운 눈으로 바라보았다. 티미는 첫 번째와 두 번째
공을 놓쳤다. 세 번째 공이 오자 그는 완벽하게 그것을
받아쳤다. 하지만 달려서 1루에 도착하려는 순간 극심
한 통증이 허리 부분을 찔렀다. "아이고!" 티미는 땅으
로 넘어져 구르며 배를 잡고 신음했다. 다시 몸을 바로
일으키자, 또 한번 찌르는 고통이 왔다. 그는 눈물을 흘

리지 않으려고 애를 쓰며 홈베이스로 휘청휘청 걸어갔
다. "게임 못하겠어요. 가서 누워 있어야겠어요." 그는
끙끙거리며 이렇게 대답했다.

밀러네 차 뒷좌석에 누운 티미는 뒤틀리는 복통을 가
까스로 참아야 했다. 가족들이 모두 와서 집으로 돌아
가기를 기다리는 시간은 길고도 길게 느껴졌다. 집에
가자 티미는 아파서 소파에 누웠다. 그는 저녁도 먹고
싶지 않았다. 교회에 가서 기도할 시간이 됐지만 티미
는 여전히 아팠고, 그래서 어머니는 아기와 집에 남기
로 했다.

그날 저녁 아버지가 티미한테 와서 물었다. "이제 좀
어떠니?"

"조금 나은 것 같아요." 티미가 자신 없이 말했다.

"그런데 왜 갑자기 배가 아파졌니?" 아버지가 골똘히
생각했다. "열도 없고 구역질도 안 했고. 티미, 피크닉
에서 뭘 먹었니?"

"닭고기, 감자칩, 젤리, 그리고 크림도넛을 먹었어
요." 티미는 크림도넛을 말할 때 몸을 약간 떨었다.

"크림도넛을 몇 개 먹었지?" 아버지가 눈치 빠르게 물
었다.

"저, 저...." 티미가 말을 얼버무렸다.

"티미." 아버지가 경고를 주듯이 말했다.

"저, 일곱 개 먹었어요." 티미는 죄책감에 사로잡혀 진실을 고백했다.

"티미 밀러!" 아버지는 믿을 수 없다는 듯 소리를 높였다. "소화불량에 걸린 게 당연하지. 그렇게 음식에 욕심을 냈으니. 벌을 받을 만하다. 너는 탐식가처럼 행동했고, 네 몸이 너한테 벌을 주는 거야. 하나님께서 우리를 그렇게 만드셨어. 그는 우리가 탐식하지 않고 절제하라고 하셨어."

아버지는 침대 옆에 있는 등을 켜고 성경을 집어 책장을 넘겼다. "절제에 관해서는 많은 구절이 있는데, 그중의 하나가 고린도전서 9장 25절부터 27절이다.

'이기기를 다투는 자마다 모든 일에 절제하나니 그들은 썩을 승리자의 관을 얻고자 하되 우리는 썩지 아니할 것을 얻고자 하노라 그러므로 나는 달음질하기를 향방 없는 것 같이 아니하고 싸우기를 허공을 치는 것 같이 아니하며 내가 내 몸을 쳐 복종하게 함은 내가 남에게 전파한 후에 자신이 도리어 버림을 당할까 두려워함이로다.'

사도바울은 운동선수에 대해서 얘기를 하고 있어."
아버지가 그의 아들에게 말했다. "사람들이 우러러보
는 농구선수들이나, 올림픽경기의 선수들, 야구선수들
은 조심해서 절제한다. 그들이 대 경기를 앞두고 훈련
할 때는 건강수칙을 매우 엄격하게 지키지. 담배도 안
피우고 술도 안 마시고 과식도 금하고. 정해진 시간에
잠자리에 들고 충분히 휴식을 취하고. 그들은 이 모든
것들을 언젠가는 닳아서 없어지는 이 세상의 상을 받
기 위해서 한다. '썩을 승리자의 관'이란 바로 그런 뜻
이야. 하지만 우리 또한 절제해야 된다. 이 구절에 보
면 우리는 반드시 절제를 하고 탐욕을 부리지 않고 우
리 몸을 잘 돌봐야 된다고 했어. 그래서 우리가 주님의
일을 하기에 적당하도록, 그리고 그가 주시는 상을 받
기 위해서 말이다.

티미, 오늘 너는 탐욕을 부리고 크림도넛을 너무 많
이 먹어서 야구게임을 놓쳤다. 하지만 그보다 더 중요
한 것은 절제하지 않으면 주님의 일을 할 수 없다는 거
야. 절제는 건강을 지키는 가장 중요한 규칙 중의 하나
다. 우리는 우리 몸을 자제하고 우리의 욕망이 우리를
지배하지 않도록 해야 된다. 알겠니?"

티미가 정신을 차린 듯 고개를 끄덕였다. "잘못했어요, 아빠." 그가 중얼거렸다. "다시는 크림도넛을 안 먹고 싶을 것 같아요. 먹는다고 해도 절제할게요."

이기기를 다투는 자마다 모든 일에 절제하나니 그들은 썩을 승리자의 관을 얻고자 하되 우리는 썩지 아니할 것을 얻고자 하노라   고린도전서 9:25

10
사려 깊은 행동
마태복음 7:12

밀러 아버지가 아늑한 거실에 모여 앉아 있는 가족들을 둘러보며 미소를 지었다. "그동안 우리가 성경에서 건강에 관한 것과 안전에 관한 걸 배웠으니, 이제 예절에 대해서도 공부해볼까?"

"으… 아빠, 예절이라고요…?" 피터가 엄살을 부렸다. "사람을 소개할 때 어떻게 하는지, 식탁에 앉아서 밥 먹을 때 무엇부터 먹는지, 그런 온갖 까다로운 예의범절 말이에요?"

어머니와 아버지가 웃음을 터트렸다. "왜 그렇게 해야 되는지를 깨닫게 되면 그것들이 그렇게 까다롭지 않을 거야." 어머니가 피터한테 말했다.

"예의범절을 지키는 이유는 알고 보면 매우 간단한 거

야." 아버지가 성경을 펴면서 말했다. "마태복음 7장 2
절을 찾아봐라." 그리고 그가 소리를 내 읽었다.

"'너희가 비판하는 그 비판으로 너희가 비판을 받을 것
이요 너희가 헤아리는 그 헤아림으로 너희가 헤아림을
받을 것이니라.'"

"황금률이네요!" 샤론이 말했다.

"무엇이든 남이 너에게 해주기를 바라는 대로 남에게
하라." 티미가 일상적인 표현으로 반복했다.

"그래. 그게 모든 예의범절과 에티켓을 지키는 이유란
다." 아버지가 아이들한테 말했다. "예의를 지키는 것
은 대부분 다른 사람들의 감정을 헤아리고 그들에게 필
요한 걸 해주는 거야. 남들이 우리를 어떻게 대해주기
를 바라는지 생각하고, 바로 그걸 남에게 해주는 거야.
그게 예의바른 행동이란다. 자, 지금부터 우리 가족이
시작해야 될 과제가 있어. 내일은 토요일이고 우리 모
두 집에 있는 날이지. 내일은 하루 종일 각자 다른 사람
들한테 사려 깊은 행동을 하도록 특별히 노력을 하자.
그리고 황금률을 실천할 기회가 얼마나 많은지 보는 거
야. 그리고 나서 저녁 말씀공부 시간에 그날 배운 것에
대해서 대화를 하자!"

다음 날 아침, 밀러 가족이 식사하려고 모두 식탁에 앉았을 때 아버지는 그날의 과제를 다시 한번 상기시켜 주었다. "우리 자신보다 남을 먼저 생각하면, 예의는 조금도 어려운 게 아니란 걸 기억해라." 아버지가 설명했다. "그리고 오늘 우리 각자가 사려 깊은 행동을 할 기회가 얼마나 많이 있는지 보자."

아침 식사를 마친 후 티미는 양치질을 하려고 이 층으로 올라갔다. 그가 목욕탕에 거의 다다랐을 즈음, 피터가 서둘러 그의 뒤를 따라왔다. '안 돼!' 피터가 생각했다. '티미는 너무 느려. 먼저 양치질하게 내버려두면, 한참 기다려야 된다고!' 피터는 막 티미를 제치고 목욕탕 세면대를 차지할 생각이었다. 바로 그때 그는 생각했다. '사려 깊은 행동, 예의, 황금률! 내가 기다리는 게 낫겠어.'

티미는 양치질을 끝낸 뒤 아버지의 공부방으로 갔다. 그리고 "아빠, 지금 제 자전거를 고쳐주실래요?" 이렇게 여쭈어보려고 했다. 하지만 그는 아버지가 계산기를 두드리고 있는 걸 보았다. 아버지는 진지한 얼굴로 청구서의 금액을 계산하느라 온통 집중하고 있었다. '아빠가 계산을 다 끝낼 때까지 내가 기다려야겠어.' 티미

94

는 속으로 이렇게 생각하며 아빠의 의자 뒤에서 말없이 서 있었다.

아래층에서는 샤론이 창문 옆으로 지나가다가 창밖으로 보이는 나무에서 예쁜 색깔의 무언가를 보았다. 곧 그녀는 "파랑새다!"라고 소리쳤다. "두 마리나 있네. 벌써 봄이 왔나 봐!"

"나도 보여줘! 어디? 어디?" 로라가 안타까운 듯 졸랐다. "언니, 난 파랑새가 안 보여!" 샤론은 그때 빨리 끝마쳐야 할 일이 있어 서두르던 참이었다. 하지만 '내가 만일 어린 로라였다면 어떤 심정이었을까?' 하고 생각했다. "로라, 가만히 있어 봐. 내가 안아서 보여줄게." 그녀가 어린 동생에게 친절하게 말하고 로라를 안아 올려주었다. "이제 보이니? 저기 저 단풍나무 왼쪽에 말이야!"

전화가 울렸다. 피터가 달려가 받았다. "여보세요?" 그가 말했다. "샤론? 잠깐 기다려." 피터는 수화기를 탁자 위에 던져놓으려던 순간 멈칫했다. 그리고 정신을 가다듬고 수화기를 사뿐히 놓았다. 수화기를 덜컹 던져버렸다면, 상대방이 그 소리에 놀랐을 것이다! 그는 조용히 가서 누나를 불렀다.

샤론의 단짝 친구한테서 온 전화였다. 두 소녀는 서로 재잘거리느라 시간 가는 줄 몰랐다. 마침내 샤론이 이렇게 말했다. "전화해줘서 고마워. 이제 그만 끊자. 다른 사람이 전화를 써야 할지 모르니까."

티미가 거실을 쏜살같이 지나가다가 진공청소기 호스에 걸려서 넘어져 뒹굴었다. 로라는 그 모습을 보고 웃음이 나오려고 했지만 웃지 않았다. '내가 넘어졌을 때 남들이 보고 웃으면 싫어.' "오빠, 괜찮아?" 로라는 오빠한테 친절하게 물었다.

어머니는 쿠키를 굽고 계셨다. 곧 구운 것의 반을 덜어 아이들의 간식으로 내놓았다. "쿠키 먹을 사람!" 어머니가 쾌활하게 아이들을 불렀다.

"나!" "나도!" 한꺼번에 몇 명이 소리쳤고, 티미, 로라, 피터는 모두 어머니가 무슨 쿠키를 만들었는지 보려고 달려왔다. 늘 그렇듯 접시에 놓인 쿠키들 중 어떤 것은 조금 크고 어떤 것은 조금 작았다. "내가 제일 큰 것 먹을래!" 라고 티미가 말을 하려다가 그만두었다. 그는 쿠키를 집으려던 손을 다시 내렸다. 그리고 다른 사람들이 먼저 고르도록 예의 바르게 기다렸다.

그날 오후, 어머니는 남자아이들에게 쓰레기를 밖에

내다 버리라고 말하려고 했다. 하지만 거실을 들여다보니 그들은 체커 게임 하느라 집중해 있었다. '게임을 다 하고 나면, 말해야겠어. 쓰레기를 버리는 게 당장 급한 건 아니니까.' 어머니는 이렇게 결정했다.

"샤론 언니, 가위 좀 꺼내줄래? 높아서 손이 안 닿아." 로라가 부탁했다.

샤론은 선반 위에 놓인 연필통에서 손잡이가 큰 가위를 꺼냈다. 그리고 뾰족한 끝을 어린 동생을 향해서 내밀던 순간 멈췄다. 그리고 가위를 반대로 돌려 손잡이가 있는 쪽이 로라한테 향하도록 주었다. '이게 예의 바른 행동이야. 이제 왜 그런지 알겠어. 남동생들이 나한테 날카로운 도구를 줄 때에도 손잡이 쪽으로 돌려서 달라고 말해야지!'

점심때가 되자 어머니는 피곤해 보였다. "잠깐 누워서 아기와 낮잠을 자야겠다." 그녀가 말했다. "밤중에 아기 때문에 여러 번 깼더니 피곤하구나."

"설거지는 제가 할게요, 엄마." 샤론이 제안했다. "식사 끝내시고 가서 주무세요!"

피터가 밖으로 놀러 나가는데 티미가 그 뒤를 따라갔다. 티미는 문을 쾅 닫으려다가 마침 기억이 났다. 어

머니께서 주무시니 큰 소리를 내지 말아야겠다는 생각이 들었다. '피터를 큰 소리로 부르면 어머니가 깨실지 모르니까, 조용히 어디 있는지 찾아봐야겠어.'

두 소년은 나무 위에 있는 나무집에서 한 시간 동안 놀았다. 싫증이 난 그들은 다시 집으로 돌아왔다. 피터는 부츠를 벗어서 제자리에 얌전하게 놓고 동생 티미한테 말했다. "티미, 너도 부츠 벗어서 제자리에 갖다 놔. 그렇지 않으면 어머니께서 정리하셔야 되잖아."

피터는 으레 토요일에 하는 집 안 청소를 마치고 소파에 기대앉아 책을 읽었다. 늙은 멍멍이에 관한 이야기책에 막 빠져들려는 순간 찢어지는 비명이 들렸고, 그는 책에서 눈을 떼고 돌아보았다. "으르렁! 으르렁!" 티미는 으르렁거렸고, 로라는 비명을 질렀다. "아악! 도와줘. 아악!" "우리는 지금 곰놀이 하는 거야." 티미가 피터한테 말했다. "으르렁!" 그는 두 손과 두 발로 소파 위를 껑충 넘어갔다.

피터는 인상을 찌푸렸다. "제발 다른 데 가서 해!" 그가 부탁했다. "내가 책을 읽고 있잖아!"

"어, 알았어." 곰 두 마리는 어슬렁어슬렁 다른 방으로 사라졌다.

"오늘 황금률은 어땠니?" 아버지가 저녁 말씀 공부 시간에 가족들한테 물었다.

"괜찮았어요. 그런데 어떨 때는 잊어버리기가 쉽더라구요..."

"있잖아요…." 티미도 한 마디 했다. "오늘은 아무도 투덜거리거나 다투는 사람이 없었어요!"

"'너희가 비판하는 그 비판으로 너희가 비판을 받을 것이요 너희가 헤아리는 그 헤아림으로 너희가 헤아림을 받을 것이니라.' 마태복음 7장 2절." 아버지가 다시 한 번 성경을 인용했다.

"대부분의 예의 범절은 한 마디로 황금률을 행하는 거란다. 우리가 사려깊게, 우리 자신보다 다른 사람을 먼저 생각하면, 예의를 지키는 것은 정말 쉬운 일이지."

(이 글에서 사려깊은 행동이 몇 가지나 있었는지 찾아보세요.)

그러므로 무엇이든지 남에게 대접을 받고자 하는 대로 너희도 남을 대접하라 이것이 율법이요 선지자니라.

마태복음 7:12

11

끼어 드는 로라

데살로니가전서 4:11

"엄마, 오늘 낮에 엄마와 아빠가 공부방에서 문 닫고 무슨 얘기 하셨어요?" 로라가 궁금하다는 듯이 물었다.

"로라, 네가 걱정할 일은 아니야." 어머니가 미소를 지으며 대답했다.

"내가 문에다 귀를 대고 들으니까, '피터', '학교', 이런 말이 들렸어요. 무슨 얘기예요?" 로라가 계속 물었다.

"로라, 그렇게 하면 못쓴다." 어머니가 단호한 눈빛으로 딸한테 말했다. "다른 사람들이 자기들만의 대화를 할 때 그걸 들으려고 해서는 안 돼. 그렇게 하면 남의 일에 끼어드는 거야. 성경에는 우리가 조용히 하고 남의 일에 끼어들지 말라고 했단다.

만일 너한테 다른 사람은 말고 엄마한테만 얘기하고
싶은 일이 있는데 피터나 티미가 그것에 관해서 알려고
하면 좋겠니?"

"아니요."로라가 대답했다.

"다른 사람의 일에 관해서 궁금해질 때가 많이 있지
만, 우리는 황금률을 지켜야 된단다."어머니가 설명했
다. "우리가 우리 일을 잘하고 남의 일에 끼어들지 않을
때, 우리는 주님을 기쁘게 해 드리는 거야. 그리고 다
른 사람들도 기쁘게 하고."

그날 오후 학교 다니는 언니 오빠들이 집에 돌아오자,
로라는 피터와 티미가 즉시 그들의 침실로 올라가는 것
을 보았다. 그러더니 방문이 쾅 닫혔고, 방 안에서 웃
음소리가 들렸다.

'오빠들이 뭘 하고 있는 걸까?'로라는 궁금했다. '가
서 알아내야지!'로라는 발끝으로 살금살금 이 층으로
올라가서 오빠들의 침실 손잡이를 돌린 뒤 방문을 확 열
어젖혔다. "오빠들! 무슨 얘기 하고 있어?"로라가 물
었다. "내 생일 선물 만들고 있는 거야?"

"로라!"피터가 꾸짖었다. "다른 사람들 일에 그렇게
끼어들지 마. 특히 다른 사람의 침실을 그렇게 확 열고

102

들어오는 건 정말 안돼. 우리가 옷 갈아입고 있었더라면 어쩔 뻔했어!" 그는 엄하게 여동생을 문쪽으로 데리고 갔다. 다시 문이 닫혔고, 이번에는 문을 잠그는 소리가 로라 귀에 들렸다.

오빠들의 침실 앞에 서 있는 로라는 눈물이 고였다. '오빠들은 내 생일에 대해서 얘기하고 있었어.' 로라는 마음속으로 말했다. '그런데 뭘 만들고 있는 걸까? 아, 궁금해!' 그 순간 로라의 머릿속에 매우 모험적인 아이디어가 떠올랐다. '뒤쪽 포치(집 앞이나 뒷벽에 붙여 지은, 대체로 지붕만 있고 벽이 없이 툭 트인 공간)에 뭐가 있는지 봐야겠다!' 로라가 생각했다.

로라는 계단을 내려가 주변에서 누가 보고 있는지 유심히 확인했다. 그녀는 그것이 잘못이라는 걸 알았지만, 너무 궁금한 나머지 견딜 수가 없었다. '혹시, 포치 찬장 안에 내 선물이 있는지... 아무도 모르게 살짝 들여다 봐야지.' 어린 소녀는 이렇게 생각했다.

밀러네 집 뒤쪽에 붙어있는 포치는 헛간 같은 곳으로, 잡동사니들을 보관하는 장소였다. 로라는 거의 그 안에 들어가 본 적이 없었다. 로라가 그곳에 들어가 보니 온갖 잡다한 물건들이 놓여있었다. 빈상자 접은 것들, 오래된 연장들, 통밀가루가 든 포대, 부츠 한 켤레, 그리고 헌 잡지들이 있었다.

하지만 로라가 가장 보고 싶었던 것은 벽에 붙어있는 낡은 찬장이었다. 아버지가 중고 가게에 가서 사다가 커다란 못으로 벽에 붙여놓은 것이었다. '내 생일 선물을 어쩌면 저 찬장에 숨겨놓았는지도 몰라.' 로라가 생각했다. '엄마는 깜짝 놀랄 선물이 있을 때 보통 저기에 감춰놓으시니까!"

하지만 그 신비의 찬장이 너무 높아서 로라는 손이 닿지 않았다. 그녀는 주변을 돌아보다가 튼튼해 보이는 종이 상자를 골랐다. 숨을 헉헉 내쉬며 무거운 상자를 찬장 아래로 옮겼지만, 한 개로는 충분치 않았다. 또 다른 상자를 들여다보니 찰랑찰랑 유리컵 소리가 들렸다. 이 상자는 그다지 무겁지 않았고, 로라는 그것을 들어서 첫 번째 상자 위에 조심스럽게 올려놓았다. '자, 이제 한 개만 더 쌓으면 되겠어. 아, 저거다!' 빈 양동이가 눈에 들어오자 그녀는 그걸 뒤집어서 쌓아 놓은 두 개의 상자 위에 얹었다. 이제 그녀의 사다리가 완성되었다.

흥분된 마음으로 로라는 첫 번째 상자를 기어올랐다. 그리고 두 번째 상자로…. 그런 뒤 몸이 균형을 잃지 않도록 찬장을 단단히 붙잡은 채 양동이 위로 올라갔다. 찬장 문을 활짝 열고서 그 안에 무엇이 있나 기대에 부푼 마음으로 들여다보았다. 마침내 찬장 속에 감춰놓은 비밀을 밝혀내는 순간이었다!

곧 로라의 호기심은 실망으로 변했다. 찬장 안에는 거의 다 못쓰는 잡동사니들이었다. 못이 든 병, 어머니가 채소를 냉동실에 얼릴 때 사용하는 플라스틱 통, 씨앗, 잡지, 그리고 로라가 어릴 때 구슬을 던져 깨트렸던 어항이 있었다. 그런데 잠깐! 저게 뭘까? 플라스틱 통 뒤에 있는 저것? 로라의 눈동자는 점점 커졌다. 하지만 열어보니 포장지와 리본뿐이었다. 그리고 새로 산 것처럼 보이는 알록달록한 작은 상자가 있었다. 로라가 그것을 흔들어보니 찰랑찰랑 소리가 났다. 그리고 그 뒤에는 또 다른 상자가 보였다! 자신이 서 있는 박스와 양동이 사다리가 얼마나 허술한 지를 잊어버린 로라는 발끝으로 서서 그 호기심 나는 상자를 잡으려고 팔을 뻗었다.

우지끈! 양동이가 흔들거리더니 뒤집어져 버렸다. 그 순간 로라의 발이 허공으로 향하는가 싶더니, 곧 아래로 굴러떨어졌다. 로라는 넘어지면서 필사적으로 손에 잡히는 것은 무엇이든 거머쥐었다. 그녀는 한 손으로 황급히 찬장의 선반을 꼭 잡았다. 그녀는 잠시 공중에 매달려있었다. 그러다가 로라가 매달린 부분의 찬장을 지탱하던 못이 움찔거리더니 벽에서 떨어져나왔다.

콰당 탕! 로라는 바닥으로 떨어져 충격을 받은 듯 누워 있었다. 그리고 무시무시한 소음과 유리컵 깨지는 소리가 그녀의 머리 위에서 들렸고, 그녀의 다리에 고통스러운 타격이 가해졌다. 그리고 잠잠해졌다.

"이게 도대체 무슨 소리야?" 부엌에 있던 어머니가 놀라서 말했다. "엄마, 그 소리 들으셨어요?" 거실에 있던 샤론이 부엌으로 뛰어들어오며 소리쳤다. "무슨 일이에요? 무슨 사고 났어요?" 피터와 티미가 계단을 껑충껑충 뛰어 내려오며 소리쳤다. 그 바람에 요람에서 자고 있던 베스가 깨서 울음을 터트렸다. 밀러 아버지는 뒤 포치 문을 열어 젖혔고, 바로 그 순간 로라가 비명을 지르기 시작했다.

"아이고, 저런!" 티미가 아버지의 팔 아래로 그 광경을 들여다보며 한숨을 쉬었다. "로라가 깔렸어요?"

바닥에 떨어진 찬장을 들어 올리는 아버지는 걱정스러운 얼굴이었다. 잡동사니 무더기 아래에는 로라가 깔려있었다. 그녀는 공포에 사로잡혀 비명을 질렀다. 하지만 아버지가 얼핏 살펴보니 다행히도 걱정했던 것처럼 큰 상처는 없었다. "찬장은 먼저 이 두 상자 위로 떨어졌어요." 아버지는 감사한 마음으로 어머니에게 설명했다. "이 유리컵이 든 상자가 찬장의 무게를 모두 받아주었어요. 그 안의 유리컵들은 아마 모두 박살이 났을 거예요. 하지만 만일 찬장이 로라 위에 떨어졌더라면, 상당히 심각한 상처를 입었을 거예요!"

로라의 머리에는 푸른색 멍이 부풀어 올라 있었고, 정강이뼈에도 피멍이 들었다. 깨어진 유리가 로라의 팔에 떨어진 바람에 상처가 나서 핏방울이 흘러내렸다.

"로라가 여기서 도대체 뭘 하고 있었을까?" 샤론이 이렇게 물었고, 어머니는 로라를 일으켜 안아 달래주었다.

"나는 알 것 같아." 로라가 입을 꼭 다물고 있자, 피터가 뭔가를 안다는 듯 말했다. "로라는 또 남의 일에 끼어들려고 했던 거야. 로라, 이번에는 엄청난 문제를 일으켰구나!"

"이것 봐, 어항이 산산조각이 났어." 티미가 놀라서 속삭였다. "로라, 네가 말썽을 부렸어!"

"오늘 밤에는 다른 사람의 사생활을 존중하는 것에 대해서 나누는 게 좋겠다." 나중에 가족들이 거실에 모였을 때 아버지가 이렇게 말했다. "데살로니가전서 2장 11절에 이런 말씀이 있단다. '또 너희에게 명한 것 같이 조용히 자기 일을 하고 너희 손으로 일하기를 힘쓰라.' 또 베드로전서 4장 15절에는 '너희 중에 누구든지 살인이나 도둑질이나 악행이나 남의 일을 간섭하는 자로 고난을 받지 말라'"

"하나님은 우리가 자기 일을 충실히 하고 남의 일에 간섭하지 않는 것을 대단히 중요하게 여기시는 것 같아요." 샤론이 의견을 말했다.

"그래서 올바른 예의를 갖추려면 다른 사람이 개인적으로 하는 대화를 들으려고 해서도 안 되고, 다른 사람의 비밀을 알려고 해서도 안 된단다." 아버지는 아이들한테 말했다. "그리고 다른 사람의 물건도 함부로 건드리면 안 되지. 예를 들면 어떤 것들이 있을까?"

"다른 사람의 서랍이나 지갑을 마음대로 열어보면 안 돼요." 샤론이 즉시 대답했다.

"그리고 다른 사람의 우편물도 허락 없이 열어서는 안 되지." 어머니가 덧붙였다.

"학교에서 다른 아이들의 책상이나 도시락을 열어보는 것도요." 피터도 한마디 거들었다. "그리고 다른 사람의 시험지나 성적표를 훔쳐보면 안 돼요."

"성적표는 학생과 그 부모님에게 보내는 개인적인 거야." 어머니가 말했다. "학교에서 아이들이 서로 남의 성적표를 보기 시작하면, 문제가 복잡해질 거야."

"그리고 다른 사람의 찬장도 들여다보면 안돼요. 오늘 로라가 그렇게 한 것 처럼." 티미가 놀렸다.

"티미, 그만 해라." 아버지가 친절하게 말했다. "로라는 오늘 고통스러운 교훈을 배웠으니, 우리가 로라를 놀리지 말아야지."

"다른 사람의 사생활을 존중하는 또 다른 예가 있단다." 어머니가 이어 말했다. "침실에나 화장실에 누가 안에 있고 문이 닫혀있으면, 반드시 노크하고 허락을 받은 뒤에 들어가야 한단다. 다른 사람에게 보이지 말아야 할 때도 있고, 조용히 혼자 있고 싶은 때도 있으니까."

"지갑, 편지, 화장실 문, 비밀, 책상 서랍, 옷장 서랍 남이 먼저 보여주기 전에는 보지 않으며,
남의 사생활을 존중하리라!" 샤론이 시를 읊었다.

"오늘 공부에 딱 맞는 시로구나!" 아버지가 말했다. "다른 사람의 감정을 존중하는 걸 기억해라. 그러지 않으면 문제가 일어날 수 있단다. 각자 자기 일을 열심히 하고, 다른 사람의 일에 끼어들지 말아야 된다!"

또 너희에게 명한 것 같이 조용히 자기 일을 하고 너희 손으로 일하기를 힘쓰라.　　　　　　　데살로니가전서 4:11

12

"사람 살려, 사람 살려!"

잠언 26:18-19

오늘은 밀러 가족에게 아주 특별한 날이었다. 증조 할 머니 앨리스가 놀러 오셨기 때문이다!

증조할머니는 아주 쾌활한 분이었다. 쭈글쭈글 주름 진 얼굴에 두 눈은 항상 지혜의 빛을 발했다. 그녀는 손 주들이 뭘 하고 지내는지 항상 관심이 많았다.

일요일 저녁 식사는 벌써 끝났지만, 밀러네 가족은 여 전히 큰 식탁에 둘러 앉아 있었다. 증조할머니는 아기 베스를 팔에 안고 있었고, 로라는 의자를 바짝 끌어당 겨 할머니 어깨에 몸을 기대고 있었다.

"그런데 너희들, 요즘 무슨 건강 규칙 배우고 있니?" 증조할머니가 물었다.

"어제 물에서 필요한 안전규칙을 배웠어요." 피터가

대답했다.

"혹시 위험한 상황에 빠질 경우를 대비해서 혼자서는 수영하면 안 돼요." 샤론이 말했다. "그것도 안전규칙 중의 하나예요."

"그리고 물이 얼마나 깊은지 확실히 모를 때는 다이빙하면 안 돼요." 티미가 덧붙였다. "깊이를 모르거나, 물속에 뭐가 있는지 모를 때, 다이빙했다가 잘못하면 다쳐요."

"음식을 많이 먹은 뒤에 곧장 수영해도 안돼요. 그리고 물속에서 다른 사람한테 장난치면 안돼요. 예를 들어 물속으로 잠수해서 다른 사람한테 장난치거나, 얼굴에 물을 뿌려도 안돼요." 피터가 계속 말했다.

"중요한 규칙들이구나." 증조할머니가 미소를 지었다. "수영은 잘못하면 위험할 수 있어. 상식을 사용하지 않으면 말이지. 그러고보니 오래 전에 우리 동네에서 일어난 사건이 생각나는구나..."

"얘기 해주세요! 옛날 얘기 해주세요!" 피터와 티미가 소리를 높였다.

"좋아, 하지만 이건 아주 슬픈 얘기란다." 증조할머니가 말했다. "오래 전에 일어난 일이지만, 마치 어제 일어난 일처럼 지금도 내 기억에 생생해.

우리 동네에 한 교회가 있었는데, 사람이 많았고, 주일학교 아이들도 많았어. 여름이면 주일학교 아이들 모두 함께 소풍을 가곤 했지. 어느 토요일 화창한 여름날이었어. 주일학교 세 반이 함께 들놀이를 갔지. 그곳에는 시원한 나무 그늘도 있고, 작은 호수도 있었는데 물이 맑고 바닥이 모래였어. 세 반 아이들은 모두 남자 아이들이었는데, 피터와 티미 나이였단다. 선생님들은 먼저 아이들이 호수에서 수영을 하고 나서 점심을 먹고, 풀밭에서 게임을 하기로 계획을 세웠어.

몹시 신이 난 아이들은 차가운 물속에 첨벙 뛰어들어가 물장구를 치며 놀았지. 서로서로 수영 시합을 하고 다이빙을 하며 좋아서 까불댔단다. 그러다 곧 한 소년이 수영하기에 싫증이 났던지, 좀 더 신나는 게임을 하고 싶었어. '내가 물에 빠져 죽는 시늉을 할게.' 그가 친구들한테 말했어. '자, 날 봐!' 그는 머리를 물속에 곤두박질 치고는 두 팔을 마구 허우적거리며 비명을 지르기 시작했어. '사람 살려! 사람 살려! 사람… 살려…!!' 그는 입에서 물을 뿜어내며 허우적거리며 숨을 헐떡였어. 그러자 곧 다른 소년들도 따라했어.

온 사방에서 '사람 살려! 사람 살려!'라는 소리가 호수 전체에 울려퍼졌어. 소년들이 거의 다 그 장난에 합세했거든. 두 팔을 마구 휘저으며, 물속에 들어가서 첨벙댔어. 소년들은 아주 재미있는 장난이라고 생각했어. 그런데 마흔아홉 명이 물속에서 첨벙대며, 비명을 지르는 통에, 그 중 한 명은 장난이 아니란 걸 선생님들이 알 도리가 없었어. 그 중 한 명은 진짜로 물속에 빠져 살려달라고 외치고 있었단다.

점심시간이 되자, 선생님들은 소년들 모두 물속에서 나오라고 했어. 모두다 옷을 입고 식사 기도할 준비를 했어. 그런데 한 아이가 안 보이는 거야. '에드워드는 어딨어?' 한 친구가 물었어. '에드워드가 안 보여!'

'숲속에 들어갔나보지'" 누군가 말했어. 그러나 선생님들이 에드워드 이름을 불렀지만, 아무 대답이 없었어. 모두다 걱정이 되기 시작했어. 그리고 몇몇씩 나뉘어서 찾기 시작했어. 들판 주변을 돌고, 자동차들 사이를 다니고, 숲속에 들어가서, 잃어버린 소년의 이름을 부르며 찾아헤맸어. 하지만 에드워드는 안 나타났어!

마침내 선생님들은 다른 사람들한테 도움을 요청했어. 수색에 나선 이웃 사람들이 선생님들을 불러 세워

서 심각한 표정으로 물었어. '호수를 찾아봅시다.'

'설마 그럴 리가!' 근심이 된 선생님들이 말했어. 하지만 작은 보트를 구해왔고, 두 남자가 그걸 타고 조심스럽게 호수로 들어갔어. 소년들이 수영할 때는 정신없이 첨벙거리던 물이 이제는 다시 잔잔하고 맑아졌어. 보트를 탄 두 사람은 물 위에서 천천히 이리저리 노를 저으며 두 눈을 부릅뜨고 살폈어. 그러다 별안간 멈췄어. 호숫가에서 조마조마하게 바라보던 사람들은 무슨 일이 일어났는지 대번에 짐작했어. 호수 가운데에 슬픈 장면이 나타났어. 어리석은 장난 때문에 생명을 잃은 에드워드 시체가 떠 있었던 거야.

그 사건은 우리 마을 신문에 보도되었고, 모두들 그 사고는 예방할 수 있었다고 말했어. 소년들이 처음에 물에 빠져 죽는 시늉을 했을 때 선생님들이 즉시 그들을 물 밖으로 불러내야했어. 절대 그런 장난을 하면 안 된다고 명령해야 했단다."

"그러고보니 잠언 구절이 생각나는구나." 아버지가 입을 열었다. 그리고 성경을 집어 그 부분을 펼쳤다.

"잠언 26장 18-19절. '횃불을 던지며 화살을 쏘아서 사람을 죽이는 미친 사람이 있나니 자기의 이웃을 속이고 말하기를 내가 희롱하였노라 하는 자도 그러하니라.' 이 구절은 장난쳐서는 안 되는 일을 놓고 재미로 여기는 게 얼마나 위험한지를 보여주는구나. 우리는 진실이 아닌 말을 해놓고, 그걸 덮어버리기 위해 '그냥 장난한 걸 가지고 뭘 그래?' '농담이야, 농담!'이라며 핑계 대서는 절대 안돼. 성경에 이런 행동을 하는 사람은 횃불이나 화살이나 죽음처럼 위험하다고 했어. 어떤 농담이나 장난을 재미로 할 수 있어. 하지만 위험한 일을 장난삼아서는 절대 안되지! 우리는 신중하게 판단해서 그런 장난을 멀리해야 된다."

13

남자 답게

사무엘하 10:12, 베드로전서 3:7-8

어느 토요일, 밀러 가족은 쇼핑을 갔다. 아버지는 먼저 집 밖에 나가서 낡은 차의 엔진 덮개를 열고 엔진오일을 점검하고 계셨다. 피터는 급히 신발 끈을 묶고 재킷을 집어들고 문을 확 열고 나갔다. 그리고 망사 문의 손잡이를 홱 돌려 열고는 전속력으로 나갔다. 망사문은 그의 뒤에서 저절로 닫힐 것이다.

하지만 망사문이 쾅! 하며 세게 닫히는 대신, 쿵! 하고 무언가가 부딪히는 소리가 들렸다. 마당으로 뛰어가던 피터는 무슨 일인가 싶어 뒤를 돌아보았다. 거기에는 어머니가 한 손에 아기를 안고 또 다른 손에 기저귀 가방을 들고 서 있었다! 어머니가 나오다가, 자기가 열어젖힌 망사문에 정면으로 부딪힌 것이다. "아이고 저런!" 피터가 미안하다는 듯 말했다.

그때 아버지도 무슨 일이 일어났는지 보았다. "피터!" 아버지가 놀란 듯 소리를 높였다. "남자답게 행동하려면 어머니를 위해서 문을 잡고 있었어야지!"

그는 기름 통을 제자리에 넣고 얼른 문쪽으로 갔다.

"당신, 괜찮아요?" 그는 부드럽게 아내에게 물었다. 어머니가 괜찮다고 말하자 아버지가 피터를 향해 말했다. "자, 다시 해봐라. 어떻게 하는지 확실히 알아야 돼." 그가 지시했다. "피터, 네가 먼저 문을 열고 나가라. 그리고 문을 연 채 잡고서 뒤로 물러 서 있어라. 어머니가 나가실 수 있도록."

피터는 부끄러운 얼굴로 서서 어머니가 다시 나오는 동안 문을 잡고 있었다. 아버지가 간단하게 설명했다. "건물에 들어갈 때 뒤에 오는 숙녀를 위해서 어떻게 문을 열어야 되지?" 다시 한번 피터는 망사 문을 열고 그 옆에 섰다.

"고마워요, 신사양반." 어머니가 미소를 지으며 다시 한번 집으로 들어갔다.

"피터, 그리고 어머니 가방을 네가 들어 드리겠다고 해야 된다." 아버지가 말했다. 피터가 그렇게 하자, 아

118

버지는 아내의 팔을 잡고 차까지 같이 걸어간 뒤 보란 듯이 차 문을 열었다. "여왕님의 마차가 준비되었나이다." 아버지가 말하자 아이들이 낄낄거렸다.

"아빠!" 온 가족이 차를 타고 달릴 때 피터가 질문했다. "남자는 왜 여자를 위해서 문을 열어주고 서서 기다리는 거죠? 어머니께는 그렇게 해 드리는 이유를 알겠는데, 여자아이들을 위해서도 그렇게 해야 되나요?" 그는 누나 샤론한테 짓궂은 얼굴을 해 보이며 말했다.
"맞아. 네가 문에 갔을 때, 어른이나 아이나 여자가 같은 순간에 문에 다다르면, 네가 문을 열어주고 서서 여자가 먼저 지나가게 해야 한단다. 그리고 여자 어른이나 여자 아이가 무거운 가방을 들고 있으면 네가 들어주겠다고 제안해야 돼. 그리고 만일 앉을 의자가 모자라면 숙녀한테 자리를 양보해야 된다. 남자나 소년이 여자들한테 예의를 갖추는 게 하나님께서 창조하신 질서를 따르는 거야. 하나님은 남자가 그의 가정과 사회의 지도자며 공급자, 그리고 보호자가 되도록 지으셨어. 옛날 어른들이 행하던 좋은 습관에 바로 이런 이유가 있는 거야."

곧 밀러 가족은 그들이 좋아하는 백화점 주차장에 도착했고, 하나하나 차에서 내렸다. "피터와 티미, 신사는 보도를 걸어갈 때 바깥쪽에서 걷고 숙녀와 소녀들이 안쪽에 걷게 해야 된다. 차에서 먼 쪽으로 말이지." 아버지가 아들들한테 가르쳐주었다. 아버지는 어머니를 안쪽에 두고 길 쪽에 서서 걸어갔고, 피터와 티미도 각각 자매들 옆에 가서 길 쪽으로 걸었다.

"왜 이렇게 해야 되죠?" 티미가 궁금하다는 듯 물었다.

"남자가 여자를 보호하는 또 하나의 예의란다." 어머니가 대답했다. "차에서 멀리 떨어진 길 안쪽이 더 안전한 곳이거든."

"게다가 만일 지나가던 차가 흙탕물을 튕기면, 숙녀보다는 신사가 그걸 뒤집어쓰는 게 낫거든!" 샤론이 웃으며 덧붙였다.

아버지는 백화점 문을 열고 어머니와 아이들이 들어가는 동안 문을 잡고 서 있었다. 그때 피터는 방금 배운 것을 당장 연습해볼 좋은 기회를 포착했다! 바로 다음 문에 한 부인이 팔에 뭘 잔뜩 들고 나오고 있었다. 한 손에는 가방과 커다란 쇼핑백을, 또 다른 손에는 아기를 안고 있었다. 그 옆에서 작은 남자아이도 졸래졸래 따라오고 있었다. '저 아이는 너무 어려서 어머니를 도와드릴 수가 없겠군!' 피터가 이렇게 생각하며 씩 웃었다. 서둘러 달려가 그 아주머니가 문으로 나오기 바로 직전에 도착해서 그녀를 위해 문을 열어 드렸다.

"어머나! 정말 고맙다, 애야!" 그녀는 고마운 표정으로 웃으며 말했다.

"괜찮아요." 피터가 공손하게 대답한 뒤 서둘러 가족들을 따라잡았다.

"오늘 저녁에는 남자에 관한 성경 말씀을 읽어보자." 저녁 말씀 공부 시간에 가족들이 둘러앉은 자리에서 아버지가 말했다.

"티미, 사무엘하서 10장 12절을 읽어봐라."

"'너는 담대하라 우리가 우리 백성과 우리 하나님의 성읍들을 위하여 담대히 하자 여호와께서 선히 여기시는 대로 행하시기를 원하노라.'" 티미가 소리를 내 읽었다.

"성경을 보면 이때는 적군이 이스라엘 백성을 포위하고 있었단다." 아버지가 설명을 해주었다. "위태로운 상황이었지만 요압 장군이 그의 군사들을 격려하며 말했어. '최선을 다해서 너희의 가족들을 보호하라.'

'담대하여라!' 그들의 임무는 용기를 내어 백성들을 위해 목숨을 걸고 싸우는 것이었지. 남자는 사람과 싸워서는 안되지만, 곰과 싸워야 되고 위험하고 힘든 일을 해야 된다. 남자들은 자신의 가족을 보호하고 공급해줄 책임이 있기 때문이야! 남자는 곰을 죽이고, 펑크난 타이어를 갈아 끼우고, 땅을 파서 하수도를 만들고, 무거운 짐을 들고 가야 된다.

자, 피터. 이제 베드로전서 3장을 펴서 7절과 8절을 읽어봐라."

피터는 다른 사람들이 그 구절을 찾을 때까지 기다렸다가 읽기 시작했다.

"'남편들아 이와 같이 지식을 따라 너희 아내와 동거하고 그를 더 연약한 그릇이요 또 생명의 은혜를 함께 이어받을 자로 알아 귀히 여기라 이는 너희 기도가 막히지 아니하게 하려 함이라 마지막으로 말하노니 너희가 다 마음을 같이하여 동정하며 형제를 사랑하며 불쌍히 여기며 겸손하며.'"

"하나님은 여기서 남자가 여자를 어떻게 대해야 되는지를 말씀해주신다." 아버지가 말했다. "하나님은 남자의 몸을 대체로 여자보다 더 크고 더 힘이 세게 만드셨단다. 여자가 '연약한 그릇'이라고 하는 것은 다시 말해서 더 섬세하고 더 예민하여, 자칫 잘못하면 깨지기 쉬운 유리그릇 같다는 뜻이야.

요즘 들어 어떤 사람들은 과거의 전통적인 남녀 간의 예의를 비웃으며 그런 것들은 더 이상 필요 없다고 말하지. 또 어떤 여자들은 남자처럼 대접을 받는 게 더 낫다고 하며 남자가 하는 일은 무엇이든 다 하려고 한다. 하지만 하나님의 방법이 최고의 방법이란다! 남자는 항상 신사답게 행동해야 되고 자기보다 더 작거나 더 약한 사람한테는 친절하고 예의 바르게 대해야 한단다. 너희들은 남자다운 남자가 되어라! 소년은 절대로 소녀를 때리거나 함께 씨름하거나 비겁한 장난을 하면 안 된다. 너희는 반드시 소녀들과 숙녀들을 존중하고 보호해주어야 된다. 특별히 너희 어머니와 자매들을, 그리고 언젠가는 너희 아내를 말이다. 남자답게 행동해라. 알겠지?"

그날 밤 피터가 잠자리에 들 때, 갑자기 자매들 방에서 날카로운 비명이 들렸다. "로라, 무슨 일이야?" 그는 방에서 나와 로라의 방문 틈으로 소리쳤다.

"저기 위에 좀 봐!" 침대에 누운 로라가 겁이 나서 훌쩍거리며, 바로 머리 위에 있는 천정 부분을 가리켰다.

"계속 돌고 있어…. 그러다가 내 머리 위에 떨어져서 나를 물어버릴 것 같아!"

피터가 천정을 올려다보았다. 거기에는 몹시 크고 다리가 기다란 거미가 거미줄을 치며 불안스럽게 껑충거리고 있었다. 피터는 즉각적으로 어린 여동생을 놀리고 싶은 충동이 일었다. '뭐 그까짓 거미 가지고 그래?'

하지만 피터는 겁에 질린 로라의 얼굴과 눈물이 가득한 눈을 보자, 아버지의 말이 생각났다. "남자답게 행동해라!"

"걱정 마, 로라, 내가 저 거미를 해치워줄게." 그는 여동생한테 친절하게 말했다. 그리고 침대 위에 발끝으로 서서 손을 쭉 뻗어 단번에 거미를 낚아챘다.

'남자답게 행동해라.' 그는 죽은 거미를 화장실 쓰레기통에 버리며 마음속으로 다시 한번 상기했다. '언젠가 여동생을 곰으로부터 보호해야 할 때를 대비해서 거미부터 해치워야겠어!'

> 너는 담대하라 우리가 우리 백성과 우리 하나님의 성읍들을 위하여 담대히 하자 여호와께서 선히 여기시는 대로 행하시기를 원하노라 하고.
> 사무엘하 10:12

14
로라가 숙녀가 되는 법
디모데전서 2:9-10

로라 밀러는 손님들이 집에 오는 것을 무척 좋아했다. "엄마, 손님들이 언제 도착하시죠?" 창문으로 뛰어가 밖을 내다보며 로라가 일곱 번째로 물었다.

"이제 곧 도착하실 거야." 밀러 부인이 흥분한 어린 딸한테 차분한 음성으로 대답했다. "로라, 이 냅킨을 접시 옆에 하나씩 놓으렴. 일을 하다 보면 시간 가는 줄 모를 거야."

"리만 가족한테 여자아이가 있다면 좋을 텐데." 로라가 재잘댔다. "그 집 아이들은 갓난아기만 빼고는 모두 남자아이들이에요. 스티븐이 저와 함께 놀아줄까요? 아니면 큰 형들을 따라다닐까요?" 대답을 듣기도 전에 로라는 또다시 창문으로 달려갔다. "그분들이 오셨어요!" 로라가 신이 나서 소리를 높였다.

"로라, 그렇게 큰 소리로 떠들지 마." 어머니가 부드럽게 꾸짖었다. "친절하고 예의 바르게 행동하는 것 잊지 마. 그러면 오늘 저녁 모두가 즐겁게 보낼 수 있어!"

곧 밀러 가족과 손님들이 식탁에 둘러앉아 맛있는 음식을 나눠 먹었다. 하지만 어린아이들은 저녁 식사가 끝나고 함께 놀 수 있기만을 조바심내며 기다렸다.

식탁에서 일어나도 된다는 허락을 받은 뒤, 로라가 스티븐한테 물었다. "내가 새로 산 게임 해볼래? 얼마 전 생일선물로 받은 거야. 아니면 다른 거 하고 싶어?"

피터와 티미, 그리고 조금 더 나이 많은 리만네 소년들은 식탁에 앉아서 어른들이 나누는 대화를 조금 더 듣고 있었다. 그리고 나서 피터의 우표수집을 구경하러 함께 이 층으로 올라갔다.

다섯 살짜리 로라와 스티븐은 조용히 앉아 게임을 하다가 이제는 싫증이 났다. "구슬 굴리기 게임을 하자." 스티븐이 말했다. 둘은 장난감 상자로 뛰어가서 색색가지의 구슬 굴리기 판을 마룻바닥에 조립했다. 탁! 탁! 데구르르! 구슬이 홈통을 따라 떼굴떼굴 내려갔다. 로라와 스티븐은 그것을 보고 좋아서 웃으며 들썩거렸다.

그때 갑자기 로라는 어머니가 자기를 부르는 소리를 들었다. 올려다보니 어머니는 소파에 앉아 계셨다. "로라, 치마를 들어 올리지 말고 항상 내려라." 어머니가 조용히 지적해주었다.

로라는 즉시 무릎을 꿇고 치마를 그 위에 펴서 덮었다. 로라는 절대로 치마를 걷어 올리지 말아야 되며 항상 속옷이 보이지 않게 해야 된다는 걸 어머니한테서 배웠지만, 때때로 그것을 잊었다.

데구루루! 탁! 탁! 또다시 구슬은 데굴데굴 구르며 홈통을 따라 내려갔다. 이제 스티븐은 다른 걸 하고 싶어졌다. "우리, 말타기 놀이하자." 그가 로라한테 말했다. "네가 이 줄을 내 허리에 묶어. 그러면 내가 기어갈 께!" 스티븐의 아기 여동생을 덮치지 않도록 조심하면서 로라는 말을 끌고 거실 주변을 뱅뱅 돌았다. 마침내 두 사람은 멈추고 숨을 헐떡이며 앉아서 쉬었다.

"나는 물구나무를 설 수 있어." 잠시 후 스티븐이 자랑했다. "나 좀 봐!" 그는 머리를 마루에 놓더니 몸을 훌쩍 들어 거꾸로 섰다. 그리고 다리를 마구마구 흔들더니 털썩하며 마루로 쓰러졌다. "봤지?" 그가 의기양양하게 탄성을 질렀다. "내가 해냈어! 아직은 아주 잠깐 밖에 못해. 하지만 계속 배우는 중이야. 우리 형 조는 오 분 동안이나 물구나무서기를 할 수 있어. 얼굴이 얼마나 새빨개지는지 너도 한번 봤더라면 좋을 텐데!" 스티븐은 미심쩍은 얼굴로 로라를 보며 말했다. "너는 못하지? 너는 여자니까."

그 말에 로라는 기분이 나빠졌다. "네가 할 수 있는데 나라고 왜 못해?" 그녀가 소리를 높였다. 그리고 로라는 머리를 땅에 대고, 다리를 번쩍 들어 올렸다. 팔락! 로라의 치마가 그녀의 얼굴을 덮고, 맨다리가 공중에서 흔들거렸다.

"너, 정말 웃긴다!" 스티븐이 끽끽거렸다.

"로라!" 어머니가 날카로운 음성으로 불렀다. 털썩! 로라의 몸이 쓰러졌고, 그녀의 얼굴은 부끄러워서 새빨개졌다. '이러면 안 되는 거였는데!' 그녀가 죄책감을 느끼며 어머니의 얼굴을 쳐다보았다. 어머니는 매우 기분이 상한 모습이었다. "로라, 이리 와서 엄마 옆에 앉아. 행동이 단정치 못하구나!" 어머니가 말했다.

로라는 부끄러워 고개를 숙인 채 말없이 소파로 갔다. 그리고 소파에 기어올라 어머니 옆에 앉았다.

어머니와 리만 부인은 유쾌하게 서로 대화를 했고, 로

라는 편안한 마음으로 듣고 있었다. 어머니들은 아기들 이야기, 하나님 이야기, 그리고 최근에 읽은 책에 관한 이야기를 했다. 조용히 앉아 대화하고 있는 그들은 차분하고도 아름답게 보였다. 그들의 치마는 단정하게 다리를 덮고 있었다. 로라는 어머니를 보고 자기도 어머니처럼 발을 서로 엇갈리게 앉으려고 애썼다. '어머니는 다른 사람들 앞에서 물구나무서기 같은 건 절대로 안 하실 거야. 샤론이나 리만 부인도!' 로라는 생각했다.

"엄마, 내가 아기 베스를 안아도 돼요?" 로라가 조용히 부탁했다.

어머니는 미소를 지으며 아기를 로라한테 주었다. 로라는 조심스럽게 아기를 받았다. 부드럽고 따뜻한 아기가 담요에 싸여 그녀의 팔에 안겼다. 아기 베스는 너무 귀여워!

리만 가족이 집으로 돌아간 뒤 어머니는 잠시 로라한테 할 말이 있었다.

"로라, 절대로 그렇게 물구나무서기 해서는 안 된다." 어머니가 엄하게 말했다. "그것은 단정하지 못한 거야. 하나님은 우리가 단정히 하고, 몸을 드러내지 않기를 원하신단다."

"왜 남자아이들은 물구나무서기를 하는데, 여자아이는 해서는 안 되죠?" 로라가 궁금해했다.

"하나님은 여자아이를 남자아이와 다르게 만드셨으니까." 어머니가 설명했다. "여자아이들은 달리기도 하고 놀기도 하고 재미있는 것들을 할 수 있단다. 하지만 남자아이들보다 조금 더 부드럽고 조용해야 한단다. 여자아이는 치마를 입기 때문에 남자아이들이 하는 걸 다 따라 해서는 안돼.

하나님은 여자아이들한테 특별한 계획을 가지고 계셔. 소녀들이 자라서 상냥하고 사랑 많은 어머니가 되기를 원하시거든. 그러니까 너는 남자아이들이 하는 걸 모두 하려고 해서는 안 된단다. 여자아이는 남자아이와 씨름을 해서도, 큰 소리를 내거나 다른 아이들 위에 대장행세를 해서도 안 된다. 그리고 물구나무서기나 재주넘기와 같은 묘기를 남자아이들이 보는 앞에서 해서도 안 되고 말이다. 여기에 하나님께서 여자들이 어떻게 해야 되는지를 말씀하신 구절이 있단다." 그리고 어머니는 성경을 열어 디모데전서 2장 9절을 읽었다.

"'또 이와 같이 여자들도 단정하게 옷을 입으며 소박함과 정절로써 자기를 단장하고 땋은 머리와 금이나 진

주나 값진 옷으로 하지 말고.'

로라, 이 구절은 어려운 단어가 많아서 네가 다 이해하진 못 할 거야. 하지만 하나님께서는 여자들과 소녀들이 정숙하고 침착하고 상냥하기를 원하신단다. 우리는 자기 몸을 단정치 못하게 드러내는 걸 부끄럽게 여겨야 된다. 진정한 숙녀는 손에 흙만 묻어도 털어내고, 작은 벌레만 보고도 비명을 지르는 새침데기가 아니야. 진정한 숙녀는 자신을 보석이나 화려한 옷으로 꾸미지도 않는단다. 진정한 숙녀는 겸손하고 정숙하고 친절한 여자란다. 그게 여자의 아름다움이야."

어머니는 로라를 가볍게 안아주었다. "엄마 대신 잠깐 아기를 안아줄래? 엄마가 식탁 치우는 동안?"

"물론이죠!" 로라는 아기 동생을 안고서 만족스럽게 앉아 있었다. 아기 베스는 하품을 하더니 작고 푸른 눈을 떴다. 그녀는 눈을 동그랗게 뜨고 한참 동안 로라를 바라보았다. 그리고 미소를 지었다!

'나는 남자아이가 아닌 게 다행이야.' 로라는 아기 베스한테 미소를 지어 보이며 마음속으로 결심했다. '나는 자라서 엄마 같은 숙녀가 될 테야. 그리고 내 아기를 안아줘야지!'

15

이웃집 방문

잠언 25:17

"어서 오세요!"

벤더 부인은 환한 미소를 지으며 밀러 가족에게 문을
열어주었다. 피터와 티미는 예의 바르게 뒷전에 서서
먼저 부모님과 자매들이 들어간 뒤에 따라 들어갔다.
티미는 좋아서 어쩔 줄 몰랐다. 오늘 그의 가족은 그의
제일 친한 친구 프랭크네 집에서 함께 저녁을 먹고 시간
을 보내기로 했던 것이다! 그는 프랭크 부모님과 악수를
한 뒤, 프랭크가 어디 있는지 돌아보았다.

"아, 티미! 왔구나!" 마침내 프랭크가 거실로 뛰어들
어오며 반가워했다. 그는 티미의 부모님과 악수를 한
뒤 소년들에게 말했다. "저녁 식사가 준비될 때까지 밖
에서 놀자. 숲 속에 뭐가 있는지 보여줄게." 그는 서둘

러 손님들을 인도해서 문으로 나가며, 작은 소리로 이렇게 말했다. "빨리해! 그렇지 않으면 프레디가 우리를 보고 따라오겠다고 할 테니까!"

밀러네 두 형제는 서로 얼굴을 쳐다보았다. 그들은 프랭크가 동생 프레디를 귀찮아한다는 걸 잘 알고 있었고, 그날은 그런 일이 벌어지지 않기를 바랐다.

"형! 기다려. 나도 갈래!" 안에서 외마디 소리가 들렸다. 그러더니 여섯 살 난 프레디가 형들이 나가는 걸 놓칠 새라 쏜살같이 계단을 내려왔다.

"프레디! 너는 집에서 로라와 어린 애들이랑 놀아!" 프랭크가 무례하게 명령했다.

"프랭크, 그러지 말고 프레디도 데리고 가자." 피터가 말했다. "만일 게임을 하게 되면 내가 프레디와 한편이 될게. 너는 티미랑 한편이 되고."

프랭크는 그 의견이 좋다고 생각했다. 프레디가 어찌나 감탄한 표정으로 피터를 올려다봤든지, 피터는 웃음이 나오려는 걸 억지로 참았다. "우리 뒷마당 숲 속에 인디언 천막이 있어." 프랭크가 마당을 가로지르며 말했고, 세 명의 소년이 그 뒤를 따라갔다.

한편 집 안에서는 샤론이 책이 가득한 책장을 구경하

고 있었다. '이 책 중에 몇 권을 읽어 봤으면….' 그녀는 생각했다. '벤더 씨 댁에는 나랑 같이 얘기할 내 또래 여자아이가 없으니까, 저녁 식사 후에는 책을 읽어야겠다. 하지만 지금은 먼저 가서 도와드려야지!' 그녀는 부엌으로 들어가서 예의 바르게 물었다. "제가 뭘 좀 도와드릴까요?"

"고맙다. 컵에 물을 부어 줄래? 얼음은 여기 있고, 물병은 저기 있단다." 벤더 부인이 말했다. 샤론은 손을 씻은 뒤 각각의 컵에 얼음을 넣고 물을 부었다.

곧 두 가족은 식탁에 둘러앉았다. 그들은 함께 기도한 뒤, 맛있는 식사를 나누었다. 밀러네 아이들은 그들이 배운 식탁의 예의범절을 빼놓지 않고 기억하려고 노력했다. 그들은 음식 접시를 받아서 한 가지도 빼놓지 않고 모두 조금씩 덜었다. 후식이 나오자, 그들은 다른 사람들이 모두 자기 접시에 후식을 덜을 때까지 먹지 않고 기다렸다. 후식으로 먹은 바나나 넛이 얼마나 맛있었던지, 피터는 한 번 더 먹고 싶었다. 하지만 접시를 보니 한 개밖에 안 남았고, 그래서 피터는 그것을 먹지 않기로 했다. '만일 벤더 부인이 우리가 모두 두 번씩 먹도록 계획을 하셨다면, 아직도 접시에 많이 남아있었겠지만, 그렇지 않으니까….' 그는 아쉬웠지만, 대신 다른 것을 더 먹었다.

식사가 끝나자 아이들은 모두 식탁에서 내려가도 좋다는 허락을 받았고, 로라는 벤더 부인한테로 갔다.

"맛있는 저녁 식사 감사합니다!" 그녀가 사랑스럽게 말했다. "네, 맛있었어요. 감사합니다!" 다른 밀러네 아이들도 합창을 했다.

"오늘 만드신 고기 요리법을 나중에 꼭 가르쳐주세요." 어머니가 식탁을 치우면서 말했다. 어머니와 샤론은 설거지를 도와드렸고, 나머지 가족들은 거실로 갔다.

"단어맞추기 게임할래?" 프랭크가 소년들한테 물었고, 그들은 곧 게임에 몰두했다. 게임은 한동안 잘 진행되다가, 프랭크가 이웃 마을 이름을 단어로 맞추자 문제가 생겼다. "프랭크, 고유명사를 만들면 안 돼." 티미가 말했다.

"왜 안돼?" 프랭크가 반박했다. "우리 집에서 게임할 때는 항상 마을 이름을 사용하는걸!"

"그건 속임수야!" 티미가 불끈해서 말했다. "고유명사를 사용하다니, 그건 규칙 위반이야!"

"티미." 소파에 앉아있던 밀러 아버지가 꾸짖듯이 그를 불렀다. "네가 프랭크 집에서 게임할 때는 그 집의 방법을 따라야 된다. 이제 다투지 말고 사이좋게 게임을 해라."

"좋아요." 티미가 양순하게 대답했고, 다시 게임이 진행되었다.

로라는 프랭크의 어린 여동생 인형을 가지고 놀았다. 그러다가 갑자기 벽난로 위에 놓인 특별한 인형에 눈길이 쏠렸다. '어머나, 저건 뚜껑을 열면 그 안에 작은 인형들이 또 들어있는 인형이네!' 그녀는 마음이 두근거렸다. '높이 있어서 내 손이 닿을까 모르겠어!' 그녀는 의자를 끌어다가 벽난로 옆에 놓고, 의자에 올라섰다. 그녀가 반짝거리는 나무 인형에 손을 대려는 순간, 아버지의 목소리가 들렸다.

"안돼, 로라!" 아버지가 말했다. "남의 집에서 물건을 만지거나 놀 때는 반드시 먼저 허락을 받아야 된다."

실망한 로라는 의자에서 내려왔다. 그녀는 잘못했다는 표정으로 프랭크의 아버지를 쳐다보았고, 그는 미소를 지어 보였다. "로라, 인형을 열어봐도 된다." 그가 친절하게 말했다. "내가 그걸 여기 탁자 위에 올려놓을

게. 그러면 그 안에 작은 인형들이 없어지지 않도록 탁자 위에서만 가지고 놀아라." 그는 벽난로 위에 있던 나무 인형을 탁자로 가져왔고, 로라는 곧 신이 나서 그것을 열어보았다. 그 안에는 작은 인형들이 들어 있었다.

샤론은 접시를 다 닦은 후에 거실로 와서 앉았다. 그녀는 다시 한번 호기심 어린 눈으로 책장을 바라보았다. "제가 책을 좀 봐도 될까요?" 그녀가 벤더 부인한테 공손하게 물었다.

"물론이지. 얼마든지 봐." 벤더 부인이 너그럽게 허락해주었다. "만일 빌려 가고 싶은 책이 있으면 얘기하렴!" 그러자 샤론은 즐겁게 책장으로 가서 책들을 구경했다.

소년들은 단어맞추기 게임에 싫증이 났고, 이번에는 밖에 나가서 놀기로 했다. 피터가 급히 티미와 프랭크를 뒤따라 나가려다가, 그만 실수로 마룻바닥에 있던 작은 물건을 발로 밟았다. 무언가 부서지는 소리가 났다. 자세히 보니 플라스틱으로 만든 요요가 세 조각으로 부서졌다. '아이고, 어쩌면 좋아!' 피터의 마음이 덜컹했다. 아무도 본 사람이 없었다. 그는 부서진 조각을 장난감 상자에 넣어놓기만 하면 아무도 모를 것이었다.

하지만 그것은 옳은 행동이 아니다!

그는 부서진 요요 조각을 집어서 벤더 씨한테 가져갔다. "제가 이걸 밟아서 부서졌어요. 죄송합니다."

"피터, 괜찮아. 얘기해줘서 고맙다." 프랭크의 아버지가 대답했다. 하지만 그의 어린 딸이 부서진 장난감을 보더니 울음을 터트렸다. "내 요요!"

"피터, 그걸 가져오너라." 밀러 아버지가 말했다. "다음번에 우리가 쇼핑몰에 가면, 이것과 비슷한 새 요요를 사다 줄게." 그는 눈물을 머금고 있는 어린 여자아이한테 말했다. "그러면 되겠니?" 마침내 그 여자아이가 미소를 지었고, 피터는 안도의 한숨을 내쉬었다. 그리고 다른 소년들을 만나러 뛰어나갔다.

밀러 가족은 벤더 가족을 방문하는 내내 매우 좋은 시간을 보냈다. 그래서 집으로 돌아갈 때가 되자 아무도 돌아갈 마음이 없었다. "아직 안돼요!" 티미가 실망해서 말했다. "지금 프랭크와 한창 재미나게 놀고 있는데!"

"집으로 돌아가기 가장 좋은 때는 모두가 재미있을 때란다." 아버지가 그에게 말했다. "잠언에 이런 말씀 알지? '너는 이웃집에 자주 다니지 말라 그가 너를 싫어하며 미워할까 두려우니라.'" 어른들이 모두 웃었다.

"그게 무슨 뜻이에요?" 티미가 얼떨떨해하며 물었다.

"네가 다른 사람 집에 갔을 때 너무 오래 있지 말라는 뜻이야." 아버지가 미소를 보였다. "만일 네 친구가 싫증이 날 때까지 있으면, 즐겁던 시간도 망치고 우정도 망치는 수가 있단다."

"초대해주셔서 고맙습니다!" "정말 즐거웠어요!" "안녕히 계셔요!" 밀러네 아이들이 인사를 드리고 차를 향해 걸어갔다. 모두 차에 앉고 아버지가 시동을 걸었다. "안녕!" 티미가 마지막으로 프랭크한테 손을 흔들며 말했다.

"참, 재미있었어. 안 그래?" 어머니가 아기 베스를 아기 의자에 앉히고 벨트를 매며 말했다. "너희들 모두 예의 바르게 행동해서 엄마는 무척 기쁘구나. 우리가 다른 집을 방문했을 때는 반드시 다른 사람을 먼저 생각해야 한단다. 그렇게 할 때 모두에게 즐거운 시간이 되고, 우리한테도 기쁨이 되지."

"다른 사람들의 기분을 헤아리는 것도 그들을 먼저 생각하는 거야." 아버지가 덧붙였다. "피터가 프레디를 함께 데리고 나가서 참 기특했다! 다른 사람을 먼저 생각할 때는 그들의 물건도 소중하게 다루어야 된다. 그들의 책이나 장난감을 사용하고 싶을 때는 먼저 허락을 구해야 돼. 그리고 우리가 다른 사람의 시간을 고려한다면, 이웃집에서 너무 오래 머물러서는 안 된다."

"그 말씀이 어디 있지요?" 샤론이 궁금해했다

"잠언 25장 17절이야." 아버지가 껄껄 웃음을 웃었다. "너는 이웃집에 자주 다니지 말라 그가 너를 싫어하며 미워할까 두려우니라."

16
동물원의 저녁식사
고린도전서 10:31,11:33

"버터 좀 건네주세요." 피터가 이렇게 말하며, 한 손에는 빵조각을, 다른 손에는 버터나이프를 든 채 식탁 위를 두리번거렸다.

밀러 가족이 음식에 대한 감사 기도를 마치자, 조용한 침묵이 끝나고 시끌시끌해졌다.

"냠냠, 상추. 토끼가 좋아하겠네!" 아버지가 야채샐러드를 그릇에 덜어주자 로라가 말했다. 그리고 티미가 말했다. "엄마, 오늘 프랭크가 학교에 토끼를 가져왔어요. 작은 우리에 넣어서. 그리고 우리가 먹이를 줬어요." 그와 동시에 피터는 "버터 어딨어?"라고 말했다. 하지만 아무도 그의 말을 듣지 못했다.

갑자기 즐겁게 재잘거리던 소리가 실망의 소리로 변

했다! "어, 아빠!" 로라가 투덜댔다. "저한테 콩깍지를 너무 많이 주셨잖아요. 엄마는 조금밖에 안 주시는데, 내가 그걸 싫어하니까요!" "피터!" 샤론이 거의 동시에 큰 소리로 말했다. "샐러드 드레싱을 혼자 다 먹으려고 그래? 나도 먹어야 한단 말이야! 엄마, 피터가 샐러드 드레싱을 저렇게 많이 부었어요!"

피터 또한 무슨 말을 하느라 샤론의 말을 듣지도 않았다. "왜 아무도 버터를 안 주는 거야? 내가 세 번이나 달라고 했는데!" 그는 나이프로 식탁 가장자리를 탁탁 때리며 참을성 없이 소리쳤다. "모두다 귀가 안들려?"

어머니 무릎에 있던 아기가 소리를 지르기 시작하자, 티미는 더욱 큰 소리로 말을 했다. "근데 엄마, 그 토끼를 상자에서 꺼내자 어떻게 됐는지 아세요?" 그가 소리를 질렀다.

아버지가 두 손으로 귀를 막았다. 어머니는 의자를 제치고 일어섰다. "얘들아, 그만!" 그녀의 목소리가 시끌시끌한 소음을 날카로운 칼로 자르는 듯했다. "이 부엌은 마치 동물원의 동물들이 먹는 곳 같구나! 식탁에서 그렇게 큰 소리로 말하면 안 돼." 그리고 그녀는 아기가 울음을 멈출 때까지 아기를 앉고 가만가만 흔들었다.

"하지만 엄마, 아빠가 나한테….""엄마, 내 말 좀 들어보세요….""엄마, 피터가….""왜 아무도 버터를 안 주는 거야!" 네 명의 목소리가 또다시 동시에 소리를 냈다.

"그만!" 아버지가 엄하게 그들을 조용히 시켰다. "모두 다 동시에 말하지 마라. 어머니 말처럼 마치 동물원에 온 것 같아. 샤론, 어머니를 위해서 가서 아기 그네를 가져오너라. 자, 버터가 어디 있지? 바로 몇 분 전에 봤는데. 이제는 아무데도 안보이는구나!"

티미가 죄책감이 서린 얼굴이었다. 그리고 무릎에 있던 노란색 버터 그릇을 들어 올렸다. "피터한테 건네주려고 했는데요." 그가 가만히 말했다. "그런데 내가 먼저 바르고 나서 주려고, 빵을 건네받을 때까지 기다렸어요."

피터는 화가 났고, 아버지는 엄한 얼굴을 했다. "티미, 그것은 매우 이기적이고 무례한 행동이야." 그가 말했다. "게다가 그것은 속이는 거야. 아무 말도 하지 않음으로써 거짓말을 하는 거야. 오늘 식사에서 너는 버터를 먹지 마라."

"식탁에서 지켜야 할 예의에 대해서 가족이 함께 공부

해야겠다." 어머니가 조용해진 아기를 그네에 뉘이며 말했고, 모두 다 다시 먹기 시작했다.

"맞아요. 버터를 혼자서 차지하면 안 된다는 거죠." 피터가 동생을 뚫어져라 쳐다보며 투덜거렸다.

"식탁의 예의란..." 어머니가 차분히 말했다. "다른 예의와 똑같은 거야. 자기만 생각하지 말고 다른 사람을 먼저 생각하는 거야. 우리가 식탁에서 예의를 잘 지키면 밥 먹는 시간이 더 즐거울 거야."

"음식 접시를 받으면, 자기 먹을 것을 덜고 난 다음에 옆사람한테 건네준다." 아버지가 말했다. "자기 음식을 덜자마자 다른 사람을 생각지 않고 먼저 먹으면 안 된다. 그리고 대개 접시를 시계방향으로 돌리는 게 편리해. 왼편에 있는 사람이 접시를 받아서 오른손으로 덜 수가 있으니까."

"또 하나의 중요한 규칙은 말할 때는 서로 돌아가면서 하는 거야." 어머니가 이어받았다. "반드시 한 번에 한 사람만 말을 해야 된다. 너희들은 다른 사람 말이 끝날 때까지 정중하게 기다렸다가 말을 시작하는 것을 배워야겠어. 그렇게 하면 우리 식사시간이 동물원의 동물들처럼 되지 않을 거야."

"또 다른 식탁 예의는 더럽거나 역겨운 행동을 하지 않는 거예요. 다른 사람의 입맛이 떨어지게 하면 안 되거든요." 샤론이 지적했다. "음식을 씹을 때는 입을 꼭 다물고. 입 안에 음식이 있는 채로 말해서도 안 되고 물을 마셔도 안돼요. 음식을 입에 문 채 물을 마시면 씹던 음식이 물컵에 들어가는데, 그건 생각만 해도 역겨워요." 그녀가 살짝 몸을 떨었다.

"그리고 물론 나이프를 혀로 핥은 뒤에 다시 버터 접시에 가져가면 안돼요. 음식을 덜 때도 자기 숟가락을 사용하면 안 되고, 더 큰 덩어리나 뭐 특별한 것을 찾으려고 음식을 헤집어도 안돼요." 피터가 덧붙였다.

"저는 아무도 말하지 않은 규칙을 하나 알아요!" 티미가 말했다. "음식에 대해서 불평하지 않는다!"

"그건 대단히 중요한 규칙이지." 어머니가 덧붙였다. "하나님은 우리가 불평하는 것을 싫어하셔. 성경에 보면 이스라엘 백성들이 광야에서 음식에 대해 불평을 하는 바람에 무서운 벌을 받은 이야기가 있어. 우리나라에는 좋은 음식이 풍성하게 많이 있잖니! 만일 우리가 좋아하는 음식이 아니라고, 혹은 맛있게 요리를 하지 않았다고 해서 음식에 대해서 불평한다면, 주님께서 분

명 마음이 상하실 거야."

"만일 예수님께서 오늘 우리 식탁에 함께 앉아계신다면, 우리가 얼마나 조심을 하고 예의 바르게 행동할까요?" 샤론이 상상했다.

"그러면 우리 모두 손을 깨끗이 씻고 머리카락도 단정하게 빗고 식탁에 오겠지." 어머니가 말했다. "그리고 우리 모두 공손하게 기도를 드리고. 기도하기 전에 음식을 슬쩍 맛보는 일도 없을 것이고. 그뿐 아니라 우리 모두 허리를 펴고 올바른 자세로 앉아서 음식 접시를 정중하게 옆 사람한테 돌리고, 입을 다물고 음식을 씹고, 음식을 흘리지 않도록 조심을 하겠지. 아무도 다투거나 무례하게 끼어들거나 음식에 대해서 불평하지 않을 거야. 만일 주님과 함께 식사한다면 말이야.

그런데 바로 우리가 음식을 먹을 때마다 주님께서 함께 계신다는 사실을 알고 있니? 비록 우리가 눈으로 볼 수 없다고 해도 주님은 우리를 보고 계시지. 그러니까 우리는 항상 예수님께서 우리 식탁에 앉아 계실 때처럼 행동해야 한단다."

그날 저녁 온가족이 말씀공부를 하러 모였을 때 아버지는 성경을 열어 고린도전서를 폈다. "여기에 우리가 식사 예절을 배울 수 있는 두 가지 구절이 있어." 아버지가 말했다. "먼저 11장 33절을 읽어보자. '그런즉 내 형제들아 먹으러 모일 때에 서로 기다리라.' 이 말씀은 날마다 우리가 식사할 때, 이기적으로 우리 자신만 생각해서는 안 된다는 것을 가르쳐주고 있어. 반드시 서로 기다렸다가 함께 먹어야 되지. 만일 우리가 예의를 갖춘다면, 서로 더 큰 것이나 더 맛있는 걸 집으려고 하지 않을 거야. 음식을 서로 돌린 뒤에 함께 먹고, 다른 사람이 말을 끝낼 때까지 기다렸다가 말을 하겠지.

'그런즉 내 형제들아 먹으러 모일 때에 서로 기다리라.'"

"두 번째 구절은 뭐예요?" 피터가 알고 싶어했다.

"너희들이 다 외우고 있는 구절이란다." 아버지가 대답했다. "고린도전서 10장 31절. '그런즉 너희가 먹든지 마시든지 무엇을 하든지 다 하나님의 영광을 위하여 하라.' 만일 오늘 저녁에 우리가 동물원처럼 시끌벅적하게 식사하는 동안 이웃집에서 우리를 방문했다면, 좋은 본보기를 보여주지 못했을 것이다. 우리의 삶은 모든 면에서 하나님께 영광을 돌려 드려야 되는데 먹고 마시는 것도 그 중의 하나지.

여기에 연필과 종이가 있어." 아버지가 말을 이었다. "오늘 저녁에 나눈 여러 가지 예의에 대해서 종이에 적어봐라. 그리고 그것을 식탁 위의 벽에 붙여놓자. 우리가 먹을 때 볼 수 있도록. 우리 가족이 함께 이 규칙을 지키도록 노력을 하자. 어머니와 내가 보고 너희가 충분히 잘한다 싶으면, 특별한 상을 주지."

"그게 뭔데요?" 티미가 흥분해서 물었다.

"소풍을 갈까?" 어머니가 제안했다. "아니면 동물원에 가는 게 어때? 동물원에서 동물들이 어떻게 먹는지 한두 시간 관찰하고 나면 우리한테는 식탁예절이란 게 있어 다행이라는 마음이 들 거야." 그녀가 미소를 지으며 결론을 내렸다.

밀러네 집 식사 규칙

1. 식사 전에 먼저 손을 씻고 옷 매무시를 단정히 한다.
2. 공손히 기도한다.
3. 접시에서 음식을 덜고 나면 왼쪽으로 접시를 돌린다.
4. 차례를 지켜 말을 한다. 유쾌한 내용의 말을 하고, 다른 사람의 말 중간에 끼어들지 않는다.
5. 음식에 대해서 불평하지 않는다.

6. 음식을 씹을 때는 입을 다물고 조용히 씹는다.

7. 음식을 한입에 너무 많이 넣지 말고, 음식이 입안에 있을 때는 말하지 않는다.

8. 입안에 음식이 있을 때는 물을 마시지 않는다.

9. 다른 사람이 모두 식사를 끝낼 때까지 자리를 떠나지 않는다. 자리를 떠날 때는 허락을 받는다.

그런즉 너희가 먹든지 마시든지 무엇을 하든지 다 하나님의 영광을 위해 하라   고린도전서 10:31

17
이상한 가족
야고보서 2:1-4, 사도행전 17:26

　어느 일요일 아침 밀러네 형제들이 교회 입구에 다다랐을 때, 티미는 친구 필립과 마주쳤다.

　"얘들아!" 필립은 대단히 흥분한 어조로 속삭였다.

　"오늘 새로 온 가족이 있는데, 정말 이상한 가족이야! 큰 여자아이는 뇌성마비고, 작은 여자아이는 휠체어에 앉아 있는데 그 애도 뇌성마비인 것 같아. 어쨌든 이상하게 보여. 그런데다가 아들이 하나 있는데 흑인이야! 왜 가족 중에 흑인이 있는 걸까? 정말이지 별난 가족이야!" 필립은 히죽히죽 웃으며 돌아서서 그의 아버지를 따라 교회 강당으로 들어갔다.

　피터와 티미는 아버지를 쳐다보았다. 아니나 다를까 아버지도 필립의 말을 들었다. 그리고 매우 마음이 상한 표정이었다! 그는 아들들한테 오라고 손짓을 한 뒤 외투를 걸어두는 방의 구석으로 데리고 갔다.

"너희는 필립처럼 다른 사람들에 대해서 그렇게 말해서는 안 된다." 그가 피터와 티미한테 작은 목소리로 말했다. "편견은 항상 나쁜 거야. 그리고 우리보다 더 불행한 사람들을 놀리는 것도 마찬가지지. 너희는 오늘 새로 온 가족을 존중해 드리고, 그 집 아들한테 친절하게 친구처럼 대해라! 나중에 더 얘기하자."

곧 밀러 가족은 예배당 안에 자리를 잡고 앉았고, 예배가 시작되었다. 그들이 찬송을 부르는 동안 피터와 티미는 얼른 근처에 앉아있는 새 가족을 훔쳐보았다. 필립의 말대로 흑인 소년이 있었다. 그리고 샤론의 나이 정도 되어 보이는 큰 소녀는 지적 장애인 같이 보였고, 휠체어에 앉은 작은 소녀는 아주 두꺼운 안경을 쓰고 있었다. 또 그 어머니 무릎에는 아기도 있었는데, 피부는 까맣고 비쩍 마르고 작았다. 어린 로라가 뒤로 고개를 돌려서 휠체어에 앉은 소녀를 계속해서 바라보자 어머니가 부드럽게 로라의 어깨를 감싸 안고 속삭였다. "바로 돌아앉아서 찬송을 불러!" 피터와 티미는 새로 온 사람들을 쳐다보아서는 안 된다는 것을 잘 알고 있었기 때문에, 찬송가만 보려고 노력을 했다.

방문객 소년은 티미와 같은 주일학교에 갔다. 티미는 아버지의 훈계를 기억하고는 그 소년의 옆에 앉았다.

"내 이름은 티미 밀러야. 네 이름은 뭐니?" 공부가 시작되기를 기다리는 동안 그가 속삭였다.

"데이비드 마틴이야." 피부가 검은 방문객 소년이 속삭이며 대답했다. "우리는 펜실베이니아에서 왔어." 데이비드는 상냥했고, 노래도 잘 불렀다! 티미는 공과공부 책을 데이비드와 함께 보았다. 필립이 티미의 관심을 끌려고 자꾸 쳐다보았고, 탁자 아래로 발을 찼지만, 티미는 발을 몸 가까이 끌어당긴 채 모른척했다.

교회가 끝난 뒤 피터와 티미 두 사람은 데이비드와 얘기를 하고, 그의 아버지와 악수를 했다. 티미는 데이비드가 같은 학년이라는 것과 둘의 취미가 비슷하다는 사실을 알게 되었다. 밀러네 가족이 떠나려고 차에 갔을 때 데이비드가 뛰어서 티미한테 왔다. "우리 내일 오후에 너희 집에 갈 거야, 티미!" 데이비드가 좋아서 말했다.

"다른 데 가서 저녁 식사를 한 뒤에 너희 집에 갈 거야. 우리 엄마가 너희 엄마를 아신대. 그때 보자!" 티미

154

는 기분이 좋았다. 밀러네 차가 떠나자 데이비드가 손을 흔들었다.

"루스 마틴은 옛날에 엄마와 같은 학교에 다니던 친구야." 어머니가 집으로 돌아가는 길에 가족들한테 설명해주었다. "루스와 그 남편한테는 아기가 없었어. 그래서 그들은 가정이 필요한 네 명의 아이들을 입양했단다. 주님께서 그 두 사람한테 특별한 사랑과 긍휼의 마음을 주셔서, 그들은 다른 사람들이 원하지 않는 아이들을 돌보아 주었어. 장애아를 돌보는 것은 힘든 일이야. 하지만 하나님께서는 그 두 사람의 헌신적인 사랑에 보답을 해주실 거야."

"하나님 믿는 사람들은 모두 하나님의 가정에 입양된 거란다." 아버지가 말했다. "그러기 때문에 입양하는 것은 하나님의 본보기를 따르는 아름다운 행동이지."

"입양하는 사람들은 어떤 아기를 입양할지 선택할 수 있지만…." 샤론이 곰곰이 생각했다. "자기 가정에 아기가 태어나면 선택의 여지가 없어요!" 그리고 피터한테 짓궂은 미소를 지어 보였다.

아버지와 어머니가 웃었다. "우리는 하나님께서 너희들을 우리한테 주셔서 정말 기쁘단다." 어머니가 샤론한테 말했다. "너희 중에 단 한 사람도 다른 집 아이와 바꿀 마음이 없단다. 하지만 어떤 아기들한테는 가정이 없지. 그런 아이들을 입양하는 것도 하나님의 뜻이란다."

"마틴네 아이들은 모두 장애인이거나 정신적으로 문제가 있어 보이는데, 데이비드는 아무 문제가 없는 것 같아요. 그렇지 않아요?" 티미가 어리둥절해했다.

"아마도 혼혈인 데이비드를 입양하려는 사람을 찾기 어려웠을 거야. 흑인의 눈에는 그가 너무 하얗고, 백인의 눈에는 그가 너무 검게 보였을 테니까. 하지만 사람의 피부색은 아무런 의미가 없어. 그 사람의 내면이 중요한 거야. 데이비드는 참 착한 아이 같더구나."

"편견은 어리석은 거예요." 샤론이 말했다.

"편견이 뭐예요?" 로라가 물었다.

"편견이란, 다른 사람에 대해서 알지 못하는 상태에서 그 사람을 싫어하는 거야. 단지 겉모습만 보고 말이지." 아버지가 대답했다. "편견을 가지면 뇌성마비 아이를 볼 때, '저 애랑 놀면 재미가 하나도 없겠어. 뇌성마비니까!'라고 생각하는 거야. 혹은 피부색이 다른 사람을 볼 때, '저 사람은 흑인이니까 도둑일지도 몰라!'

라고 생각하는 거지. 또한, 가난한 사람을 볼 때 그가 게으르다고 단정 짓거나, 머리카락에 이가 있을지도 모른다고 생각하는 거야.

편견을 가지면 성급히 결론을 내리게 되고, 그러면 다른 사람을 부당하게 대우하게 된단다. 겉으로 드러난 모습, 아니면 돈이 얼마나 많은지에 따라서 말이다. 성경에는 편견이 나쁜 거라고 했어."

밀러 가족이 일요일 저녁 식사를 즐겁게 마친 뒤, 아버지는 의자를 뒤로 젖히고 성경을 집었다. "성경에는 편견을 부당한 차별, 혹은 사람의 얼굴을 의식하는 거라고 했어. 우리는 다른 사람의 겉모습이나 돈을 보고 그들을 더 존중해서도 안 된다. 그것은 거짓 존중이야. 야고보서 2장 1~4절에는 교회에 모여서 예배드리는 사람들의 이야기가 나와 있어." 아버지는 그곳을 찾아서 소리 내 읽었다.

"내 형제들아 영광의 주 곧 우리 주 예수 그리스도에 대한 믿음을 너희가 가졌으니 사람을 차별하여 대하지 말라 만일 너희 회당에 금가락지를 끼고 아름다운 옷을 입은 사람이 들어오고 또 남루한 옷을 입은 가난한 사람이 들어올 때에 너희가 아름다운 옷을 입은 자를 눈여

겨보고 말하되 여기 좋은 자리에 앉으소서 하고 또 가난한 자에게 말하되 너는 거기 서 있든지 내 발등상 아래에 앉으라 하면 너희끼리 서로 차별하며 악한 생각으로 판단하는 자가 되는 것이 아니냐.'

우리 교회에 오는 모든 방문객을 예의 바르게 대하고 사랑해야 된다. 오늘 아침 필립의 태도는 매우 잘못된 거야. 하나님은 우리가 편견이나 악한 생각으로 다른 사람을 판단하는 걸 싫어하신다."

"성경에 다른 인종에 대해서 어떻게 대해야 되는지 나와 있나요?" 샤론이 물었다.

"사도행전 17장 26절에 '하나님은 인류의 모든 족속을 한 혈통으로 만드사 온 땅에 살게 하시고 그들의 연대를 정하시며 거주의 경계를 한정하셨다.'고 했어. 그것은 다시 말해서 사람의 피부를 벗겨보면 결국 모두 같은 종류의 사람이란 뜻이야. 사람의 몸과 영혼의 가치는 모두 같은 거야. 피부가 어떤 색깔이든지, 그들도 우리와 똑같은 감정을 느낀단다." 아버지가 설명해 주었다.

"성경에 보면 인종차별에 대한 이야기가 있단다." 어머니가 이어받았다. "모세의 아내는 에티오피아 여자였는데, 그것은 아마 흑인이라는 뜻으로 생각돼. 모세의 누나 미리암과 형 아론은 모세가 흑인과 결혼한 게 적절하지 못하다고 생각했고, 그것 때문에 모세에 대해서 나쁘게 말했어. 그들은 모세를 비웃으며 그가 백성의 지도자가 될 자격이 없다고 말했어. 그러자 하나님께서 아론, 미리암, 모세를 장막으로 부르셨어.'너희 둘은 모세에 대해서 그렇게 나쁘게 말하는 걸 두려워했어야 된다!'고 말씀하셨어. 그리고 모세의 아내가 흑인이라고 싫어했던 미리암의 피부가 문둥병으로 그만 눈처럼 하얗게 변했단다! 이 이야기는 다름 아니라 하나님께서 인종차별을 얼마나 싫어하시는지를 우리한테 가르쳐주는 거야. 우리는 모든 사람한테 예의를 갖추어 대하고 존중해야 된다. 피부색과 상관없이."

몇 시간 후에 마틴 가족이 약속한 대로 그들을 방문하러 왔다. 그들이 떠나고 난 뒤 밀러 가족은 서로 대화를 나누었다.

"데이비드는 정말이지 우리처럼 평범한 아이예요." 피터가 깨달았다. "함께 있다 보니 그 애의 피부색에 대해서는 완전히 잊어버리게 된 것 같아요."

"데이비드는 나보다 블록을 더 잘 만들어요." 티미가

감탄한 듯 말했다. "그가 만든 걸 보셨더라면 좋을 텐데. 참 재미있었어요."

"그리고 큰딸도 참 착해요." 샤론이 덧붙여 말했다.

"정신적으로 장애인이기는 하지만, 모두한테 친절해요. 게다가 예의 바르고 명랑하고요. 아기 베스가 그녀를 좋아했어요. 걸음을 못 걷는 루티도 참 놀라워요. 그녀의 팔과 다리는 기능을 못하지만, 그녀의 정신은 조금도 부족한 데가 없어요. 정말 똑똑하더라고요."

"하나님은 모든 사람한테 특별한 사명을 주셨단다. 그리고 모든 사람은 귀한 존재야." 아버지가 지적해주었다. "장애인이라도 다른 사람들한테 도움을 줄 수 있어. 패니 크로스비는 눈이 보이지 않는 사람이었지만 찬송을 8천 곡도 넘게 만들었단다. 그 중 많은 곡을 지금도 찬송가로 부르고 있지. 헬렌 켈러는 시각장애에 청각장애까지 갖고 있어서, 사람들은 그 아이가 동물에 지나지 않을 것으로 생각했어. 하지만 그녀는 역사상 가장 유명한 여자 중의 하나가 되었지! 토머스 에디슨의 선생님은 그가 정신적으로 장애아여서 학교 공부를 따라갈 수 없다고 생각했어. 하지만 에디슨은 백열전구 등 많은 걸 발명했지. 우리는 모든 사람을 존중하

도록 주의를 기울여야 한단다. 왜냐하면, 모든 인간은
하나님의 형상으로 만들어졌기 때문이야."

인류의 모든 족속을 한 혈통으로 만드사 온 땅에 거하게
하시고.   사도행전 17:26

18

감사

데살로니가전서 5:18

"엄마한테 주렴. 엄마한테 줘!" 밀러 부인이 아기 베스한테 미소를 지으며 살살 달랬다.

아기는 이제 혼자 앉을 수 있을 정도로 자랐고, 지금 한 손에 노란색 플라스틱 장난감을 쥐고 있었다. 아기는 좋아서 깔깔거리며 앞으로 몸을 기울여 어머니한테 장난감을 건네주었다.

"고마워!" 어머니는 대단히 열성적으로 말했다. "다 컸구나!" 아기 베스는 구구 소리를 내며 팔을 흔들었다.

"이제 티미 오빠한테 줘." 티미가 게임에 끼어들며 말했다. 그는 장난감을 다시 아기의 통통한 손에 쥐어주며 말했다. "티미 오빠한테 줘. 고마워!"

"아기한테 벌써 예의를 가르치는군요." 아버지가 읽

던 잡지를 내려놓고 웃었다.

"감사하는 건 정말 중요해요." 어머니가 대답했다.

"나는 아이들이 아주 어릴 때부터 고맙다는 말을 하도록 가르쳤어요. 처음 말하기 시작할 때부터죠.

티미, 넌 한 살도 되기 전에 고맙다는 말을 했단다! 어느 날 내가 빵 가게에 갔을 때, 주인아주머니가 쿠키를 하나 주시자, 네가 그걸 받으면서 고맙다고 말했지. 아주머니가 얼마나 놀라셨던지! 아직도 기억이 생생하구나."

"오늘 저녁 말씀 공부 시간에는 감사에 대해서 나누기로 하자." 아버지가 말했다.

"'받은 복을 세어보아라!' 찬송을 불러요." 티미는 자기가 제일 좋아하는 찬송 한 곡을 제안했다.

가족이 모두 모인 뒤 찬송을 몇 개 부르고, 아버지는 성경을 폈다. "애들아, 감사에 대한 성경이야기에 뭐가 있지?" 그가 질문을 던졌다.

"열 명의 문둥병자 이야기요." 샤론이 대답했다.

"맞아. 나도 바로 그 이야기를 생각하고 있었지." 아버지가 대답했다. "누가복음 17장 11절을 펴봐라. 아버지가 소리를 내 읽었다.

"'예수께서 예루살렘으로 가실 때에 사마리아와 갈릴리 사이로 지나가시다가 한 마을에 들어가시니 나병환자 열 명이 예수를 만나 멀리 서서 소리를 높여 이르되 예수 선생님이여 우리를 불쌍히 여기소서 하거늘 보시고 이르시되 가서 제사장들에게 너희 몸을 보이라 하셨더니 그들이 가다가 깨끗함을 받은 지라 그 중의 한 사람이 자기가 나은 것을 보고 큰 소리로 하나님께 영광을 돌리며 돌아와 예수의 발아래에 엎드리어 감사하니 그는 사마리아 사람이라 예수께서 대답하여 이르시되 열 사람이 다 깨끗함을 받지 아니하였느냐? 그 아홉은 어디 있느냐 이 이방인 외에는 하나님께 영광을 돌리러 돌아온 자가 없느냐 하시고 그에게 이르시되 일어나 가라 네 믿음이 너를 구원하였느니라 하시더라.'"

"나머지 아홉 명의 문둥병자들은 아마도 얼른 집에 가서 가족들에게 그들이 나았다는 소식을 전해주기 바빴던 것 같아요. 그런 이유로 돌아와서 감사하다는 말을 하지 않았던 거죠." 피터가 자기 생각을 말했다.

"아마도 그런 것 같다. 하지만 그것은 정당한 이유가 못되지." 어머니가 말했다. "예수님께서는 '열 사람이 다 낫지 않았느냐 그런데 아홉은 어디 있느냐'고 하셨어. 우리는 아무리 바빠도 반드시 감사를 드려야 돼."

"열 명의 문둥병자와 매우 비슷한 이야기를 하나 읽었어요." 샤론이 말했다. "어떤 부자 사업가한테 직원이 175명 있었는데, 각 직원들한테 추수감사절 칠면조를 한 마리씩 보냈어요. 그런데 그 중 네 명만 감사하다는 표현을 했어요! 그 사업가는 너무 실망해서, 다시는 직원들한테 선물을 보내지 말아야겠다고 말했어요."

"그런데 말이다. 만일 감사를 받으려고 선물을 주었다면 그 사업가의 태도도 올바른 것은 아니야." 아버지는 껄껄 웃었다. "하지만 이 이야기를 들으니 '감사하다'는 간단한 말 한마디가 얼마나 중요한지 깨닫게 되는구나. 다른 사람들이 우리한테 뭘 줬을 때, 혹은 무슨 일을 해주었을 때, 우리는 반드시 '감사하다'는 말을 해야 할 의무가 있어. 다른 사람한테 감사하면 그들이 한 일에 대해서 기쁘게 생각할 뿐 아니라, 계속해서 우리를 도와주고 싶은 마음이 들 거야."

"'감사합니다.'라고 말하는 것은 정말 쉬운 일이야." 어머니가 지적했다. "돈이 드는 것도 아니고, 오래 걸리지도 않아. 감사하다는 말을 아껴서는 안 되지! 큰 것뿐 아니라 작은 것에서도 늘 감사하다고 말해야 한단

166

다. 그리고 우리가 다른 사람한테 감사할 때, 우리의 삶은 더 행복해질 거야."

"모든 작은 일에 일일이 감사하다고 말해야 되나요?" 피터가 귀찮다는 듯이 물었다. "만일 제가 블록으로 비행기를 만들다가, 티미가 모든 블록을 하나하나 저한테 건네주었다면, 매번 고맙다고 해야 되나요?"

"매번 그럴 필요는 없겠지. 하지만 좋은 연습이 될 것 같은데?" 어머니가 미소를 지었다. "누군가가 우리한테 뭘 건네줄 때 고맙다고 말하는 게 좋지. 혹은 식사 중에 누가 물을 따라줄 때나, 문을 열어줄 때나, 어떤 것이든지 도움을 받으면 감사하다고 해야지.

성경에 '범사에 감사하라. 이는 그리스도 안에서 하나님의 뜻이니라'라고 했어. 우리는 제일 먼저 하나님께 감사드리고, 그리고 다른 사람들한테 감사해야 돼."

"오늘 맛있는 저녁을 해주셔서 감사해요, 엄마." 로라가 말했다.

"내가 어릴 때 감사하다는 말을 가르쳐주셔서 감사해요, 엄마." 티미가 웃으며 말했다.

하지만 어린 티미는 때로는 감사를 드리는 일이 얼마나 어려운지 미처 상상하지 못했다.

다음 날 아침 일찍 어머니는 예상치 않은 전화를 받았다. 어머니의 여동생 로라 이모가 볼 일이 있어 밀러네 동네를 지나간다고 했다. 그녀는 시간이 별로 없는데도 밀러네 집에 잠깐 들르겠다고 했다.

"로라 이모가 오신다!" 로라가 좋아서 소리를 높였다. "로라 이모가 점심 때 오신대!"

때는 아름다운 여름 오후였고, 밀러네 아이들은 좋아서 흥분하며 어머니가 손님 맞을 준비를 하도록 도와드렸다. 그들은 자진해서 집 안팎을 청소하고 정리했다.

티미는 나름대로 흥분할 만한 이유가 있었다. '다음 주가 내 생일이야.' 그는 잔디 깎는 기계를 작동하면서 휘파람을 불며 생각했다. '로라 이모는 우리 생일 때마다 선물을 보내주셨어. 이번에 내 생일을 기억하실까?'

"이모가 오셨다!" 피터가 집 밖에서 소리쳤고, 모두 다 밖으로 뛰어나왔다.

"한 사람씩 꼭꼭 껴안아 봐야지!" 로라 이모가 차에서 나오며 말했다. 그녀는 팔을 벌렸고 네 명의 조카들이 한꺼번에 그 품에 안겼다. "어머나, 너희들 정말 많이 컸구나!" 늘 그러듯이 로라 이모는 이번에도 감탄했다. 그녀는 한 걸음 물러서서 그들을 하나하나 바라보더니,

티미의 어깨에 손을 얹었다. "티미, 이번 달에 네 생일이 있지. 안 그래? 이모가 선물을 가져왔단다!"

티미는 흥분해서 살짝 소름이 돋았다. 로라 이모가 기억하셨구나! 로라 이모가 차의 뒷자리에서 뭘 꺼내는 동안 그는 벙글벙글 하며, 어머니가 아기 베스를 안고 나오시는 것도 미처 몰랐다. 로라 이모가 뭘 주실까?

"티미, 이거 받아." 그의 이모가 알록달록 포장지에 싸인 기다란 꾸러미를 주었다.

"고맙습니다, 로라 이모!" 그가 말했다. 어머니가 가까이 오시자, 티미는 알록달록한 선물을 아기 베스한테 보여주었다. "로라 이모가 오빠한테 주신 것 좀 봐!" 그가 좋아서 아기한테 말했다. "이제 오빠가 열어볼게!"

티미는 조심스럽게 포장지를 뜯었다. 그 속에는 빳빳한 종이에 장난감 낚싯대와 낚시 얼레가 붙어있었고, 60센티 되는 낚싯줄과 플라스틱 갈고리가 있었다. 그리고 플라스틱으로 만든 빨간색과 노란색 물고기 두 마리, 그리고 거북이가 모두 입에 고리를 붙인 채 들어있었다. 티미는 얼이 빠진 듯 그것을 바라보았다. '아홉 살이 다 된 남자아이한테 무슨 선물이 이래? 아기들이 가지고 노는 장난감이라니….'

티미의 뱃속에 실망감이 무거운 돌덩이처럼 내려앉았지만 그는 예의를 잊어버리지 않았다. 그리고 씩씩하게 미소를 지으며 다소 불안정한 목소리로 말했다. "감사합니다, 로라 이모!"

"티미한테 선물을 가져오다니 정말 사려가 깊구나." 어머니가 얼른 말했다. "베스를 안아볼래? 아기가 널 기억할지 모르겠네." 명랑하게 대화를 나누며 두 숙녀는 집으로 걸어갔다.

"엄마, 왜 로라 이모가 티미한테 그런 아기 장난감을 사주셨죠?" 나중에 로라 이모가 떠난 뒤 피터가 물었다.

"정말이야. 아기용 낚시 세트라니." 티미도 맞장구쳤다. "두 살난 아기한테 주면 딱 좋을 뻔했어. 하지만 나한테 그런 걸 주시다니!"

그러자 어머니가 차분하게 말했다. "로라 이모는 아기를 키워본 적이 없어서, 아이들의 나이에 따라 뭐가 적당한 선물인지 잘 모른단다. 하지만 지금까지 너희한테 좋은 선물을 많이 줬지? 이번에는 이모가 실수한 것 같아. 하지만 이모한테 알리지 않는 게 좋겠다."

어머니가 계속 말했다. "티미, 네가 예의 바르게 행동해서 엄마는 정말 기뻤다. 로라 이모의 마음을 상하게 하는 무례한 말을 한마디도 하지 않았으니. 네가 최선을 다해서 미소를 지으며 감사하다고 말한 것은 참 잘한 거야. 이모는 네가 선물을 보고 실망했다는 걸 전혀 모를 거야."

그날 저녁 엄마는 티미한테 작은 카드를 주었다. "로라 이모한테 감사의 카드를 보내거라. 가서 연필을 가져오면 엄마가 글씨 쓰는 걸 도와줄게."

"엄마, 그 아기 장난감을 받고도 티미가 감사 카드를 보내야 되나요?" 피터가 꿍꿍거렸다.

"그래. 그게 옳은 것이야." 어머니가 대답했다. "선물을 받으면 감사하다는 답장을 보내는 게 옳아. 비록 그 선물이 네 마음에 들지 않더라도, 주는 사람의 사랑과 정성을 기억해야 된다. 모든 일에 감사하는 것만이 우리가 갖추어야 할 태도란다.

자, 티미, 마음에 없는 말은 쓰지 마. 그러니까 '선물이 마음에 들어요.'라는 말은 하지 마. 그렇다면 진실하고 예의 바른 말이 뭐가 있을까?"

잠시 후 티미는 카드를 완성했다.

로라 이모께,

오늘 우리 집에 오셔서 반가웠어요. 낚시세트 선물 감사합니다. 오늘 밤에 목욕탕에서 그걸 가지고 낚시를 했어요. 로라도 그것으로 놀게 했어요. 제 생일을 기억해주셔서 감사합니다!

사랑하는 티미 올림

"범사에 감사하라, 이것이 하나님의 뜻이니라…." 티미는 잠자리에 들어가면서 쾌활하게 찬송을 불렀다. "...이것이 예수그리스도 안에서 너희를 향한 뜻이니라!"

범사에 감사하라 이는 그리스도 예수 안에서 너희를 향하신 하나님의 뜻이니라.　　　　　　데살로니가전서 5:18

19
쇼핑몰에 간 티미

빌립보서 2:15

"티미, 안전띠를 매거라." 어머니가 차 시동을 걸면서 티미한테 상기시켜주었다.

티미는 순종했다. 그 옆에는 아기 베스가 아기용 안전 시트에 포근히 앉아 있었다.

"티미오빠, 안전띠를 매지 않으면 경찰이 오빠를 잡아 갈지도 몰라!" 로라가 뒷좌석에서 말했다.

"경찰은 우리를 보호하기 위해서 그러는 거야, 로라." 티미가 말했다. "우리가 법을 지키기만 하면 경찰을 무서워할 필요가 하나도 없어."

"우리는 반드시 법을 지켜야 된다. 그것이 옳고 분별력 있는 거야." 어머니가 덧붙였다. "법에 순종하는 게 믿는 사람의 좋은 본보기란다. 우리는 이 세상에서 빛이 돼야 된다."

티미는 흥분한 마음으로 창밖을 내다보았다. 시내에
나가는 것은 항상 즐겁고 특별한 행사였다! 이번에는 어
머니와 함께 한 시간 이상 걸리는 대도시에 가서 쇼핑
하기로 했다. 피터와 샤론은 할 일이 있어서 따라오지
못했다. 그 덕분에 티미가 거기서 가장 큰 아이가 되었
고, 자기가 무슨 중요한 사람이 된 것처럼 느꼈다. 하
지만 티미는 이번 나들이에서 예상치 못한 모험이 기다
리고 있다는 사실을 몰랐다!

오랫동안 운전을 한 뒤에야 마침내 밀러네 차는 대
도시로 들어가서 어마어마하게 큰 주차장에 다다랐다.

"이렇게 차가 많을 수가!" 로라가 티미의 손을 잡고 길
을 건너면서 숨을 헐떡이며 말했다.

"너희 둘 다 엄마한테 바싹 붙어 있어야 된다." 어머
니가 커다란 유리문을 열고 앞서 들어가며 주의를 주었
다. "이 쇼핑몰은 너희가 길도 모르고, 사람들로 붐비
는 곳이야. 길을 잃어버리면 안 된다!"

어머니는 아기 베스를 쇼핑카트에 앉히고 북적대는
상점으로 들어갔다. 티미와 로라는 뒤따라 가면서, 지
나가는 사람들한테 부딪히지 않으려고 조심했다.

"엄마, 이것 봐요. 건전지를 할인해요!" 티미가 발견했다. "아빠가 손전등에 사용하는 작은 건전지 말이에요. 하나 살까요?"

"그래. 카트에 넣어라." 어머니가 대답했다.

"이건 아주 작으니까, 제 주머니에 넣어도 돼요. 제가 가지고 다닐게요." 티미가 말했다.

"아니야, 티미. 안돼. 그러지 마라!" 어머니가 말했다. "그걸 카트에 넣어라."

"왜 안 돼요?" 아홉 살 난 티미는 어리둥절했다.

"네가 그걸 주머니에 넣는 걸 누군가 보게 되면, 네가 그걸 훔친다고 생각할 거야." 어머니가 말했다. "혹은 그걸 주머니에 넣고 있다가 계산하는 걸 깜빡 잊고 그냥 나가버리면, 진짜로 훔쳐가는 셈이지. 안 그러니?"

"절도는 처벌당함." 티미가 복도 끝에 있는 표지판을 소리 내어 읽었다.

"절도가 뭐예요, 엄마?" 로라가 물었다.

"돈을 내지 않고 물건을 훔쳐가는 행동이야." 어머니가 대답했다. "주머니나 가방에 물건을 슬쩍 숨겨서 돈을 안 내고 가지고 나가는 거야."

"그러면 절도하는 사람은 너무 가난해서 돈이 없나

요?" 티미가 물었다.

"반드시 그런 건 아니야. 그들은 보통 장난삼아 그렇게 하지." 어머니가 말했다. "그리고 비록 가난하고 돈이 없다고 해도, 물건을 훔쳐서는 안 돼. 필요하다면 다른 방법으로 구해야지. 도둑질은 항상 나쁜 거란다."

어머니는 카트를 회전해서 다른 통로로 가서 유리 접시와 그릇들을 보았다. "로라, 만지지 마!" 로라가 접시 한 개를 손으로 집어들자 어머니가 꾸짖었다. "아이들은 진열된 물건에 될 수 있으면 손을 대지 말아야 된다. 깨트릴 수도 있으니까."

티미는 부엌용품 코너에서 곧 싫증이 났다. '엄마가 장난감 코너나 아니면 철물 코너로 가셨으면 좋겠는데….' 느릿느릿 따라가던 티미는 점점 어머니한테서 멀어졌다. '이다음 통로에는 뭐가 있을까? 한번 돌아가서 봐야지.'

통로 끝을 돌아가자 그곳에는 학용품이 있었다. '여기는 그나마 낫군! 내가 이곳에서 구경하고 있으면, 엄마도 곧 이곳에 오실 거야!' 그는 이렇게 생각했다. 그곳에는 근사한 필통, 책가방, 플라스틱 자와 다른 물품들이 있었다. 그것들의 가격을 비교하는 동안 티미는 곧 어머니에 대해서 까맣게 잊어버렸다. 그는 어머니가 접시를 다 보고 나서 티미와 완전히 다른 방향으로 가는 것도 보지 못했다.

그러다가 마침내 티미가 고개를 들었다. '엄마가 아직 이 통로로 안 오셨나? 어쩌면 엄마가 나를 찾고 계신지도 몰라.' 그는 마음이 불안해졌다. 서둘러 통로 끝으로 가서 어머니가 있던 쪽으로 갔다. 하지만 어머니는 보이지 않았다! 그렇다면 어머니가 나와 반대쪽 통로로 가셨을 거야. 티미는 급히 그곳으로 가서 둘러보았다. 어머니는 그곳에도 없었다!

'엄마가 어디 계시지? 단 몇 분 밖에 안된 것 같은데.' 티미는 가슴이 철렁했다. '엄마가 꼭 가까이 붙어있으라고 하셨는데. 큰일 났네!'

티미는 즉시 뛰어다니며 가게 안에 있는 통로란 통로는 모두 살펴보았다. 구두 코너, 학용품 코너, 비누 코너, 그 어디에도 어머니가 안 보였다. 티미는 자기가 좋아하는 블록을 쳐다보지도 않은 채, 황급히 장난감 진열대를 통과했다. 이제 그가 원하는 건 오직 엄마와 로라와 베스였다! 낯선 가게는 복잡한 통로와 모퉁이로 마치 정글같이 엉켜있었다. 거대하고 무시무시한 정글.

"애야, 길을 잃었니?" 갑자기 어떤 목소리가 들렸다. 티미가 몸을 홱 돌려보니 방금 스쳐 지나간 낯선 남자였다. 티미의 눈은 즉시로 그 남자의 외모를 훑어보았다. 그는 좋은 옷을 입었지만, 이상한 머리 모양에 한쪽 귀에는 귀걸이를 하고 있었다. 티미는 대꾸하지 않고 그 남자한테 등을 돌리고 재빨리 걸어갔다. 마치 덫에 걸린 동물처럼 그의 심장이 팔딱팔딱 뛰었고, 숨이 막힐 것만 같았다. 그는 평생 그렇게 공포에 질린 적이 없었다!

티미는 이 세상에 유괴범이 있다는 것을 알고 있었다. 못된 사람들이 아이를 잡아서 나쁜 짓을 하고 심지어 죽이기도 한다. 혹시 그 남자는 유괴범이 아닐까? '어쩌면 아닐지도 모르지. 하지만 내가 그걸 어떻게 알 수 있단 말인가?' 티미의 머릿속에 생각들이 몰려왔다. '하지만 그 남자는 믿을 만한 사람처럼 보이지는 않아. 누굴 믿고 도와달라고 부탁하지?'

"주님, 어떻게 해야 되는지 가르쳐주세요. 엄마를 찾도록 도와주세요!" 그는 마음속으로 기도했다. 그러자 마음이 조금 차분해졌다. '맞다! 엄마 아빠는 우리가 가게에서 길을 잃어버리면 반드시 가게직원한테 가서 도움을 구하라고 말씀하셨어!' 티미는 기억이 났다. 그는 자신이 어디에 있는지 가늠해 보면서 주변을 둘러보았다. 계산대 너머에 표지판이 보였다!

티미는 공포에 질려 뛰어가는 대신 조심스럽게 그곳을 향해 걸어갔다. 계산대마다 줄이 길게 늘어져 있었고, 한쪽 구석에 '고객 안내소'라고 쓰여있었다. 그는 천천히 카운터로 갔다.

"뭘 도와줄까?" 카운터 뒤에 있는 여자가 호기심어린 눈으로 티미를 바라보며 정중하게 물었다. 그는 친절한 할머니 같은 여자분이었고, 가게직원의 유니폼을 입고 가슴에는 이름표를 달고 있었다. 참으려고 노력했지만 티미의 한쪽 눈에서 눈물이 뺨을 타고 흘러내렸다.

"길을 잃었어요." 그는 떨면서 말했다. "엄마를, 엄마를 찾을 수가 없어요."

"걱정 마, 내가 도와줄게." 그 여자가 말했다. "이름이 뭐지?"

"티미 밀러예요." 티미는 벌써 안심이 된 듯 대답했다. 그는 코를 훌쩍였고 눈물은 사라졌다. 다시 어른의 손에 보호를 받으니 얼마나 다행인가!

"알겠다. 여기 서서 기다려." 그 여자가 말했다. 그녀는 수화기를 들더니, 단추를 몇 개 누르고, 이렇게 방송했다.

"티미 밀러의 어머니는 고객 안내소로 와 주시기 바랍니다. 티미 밀러가 이곳에서 기다리고 있습니다." 그녀의 목소리는 시끄러운 가게 전체에 커다랗게 울려 퍼졌다. '저렇게 큰 소리는 밖에서도 들릴 것 같아.' 그는 이렇게 생각하며 조용히 키득거렸다. 그 여자가 다시 한번 방송하고 있을 때, 로라가 고함치는 소리가 티미한테 들렸다. "티미 오빠예요! 티미 오빠가 보여요!" 그리고 어머니가 오셨고 모든 일이 잘 해결되었다.

팔로 티미를 감싸는 어머니의 눈에도 눈물이 고였다. "티미, 어디 있었니? 너를 찾아 온 사방을 헤맸단다." 그녀가 말했다. "우리 아이를 도와주셔서 정말 감사합니다." 어머니가 여직원에게 말했다. "감사합니다." 티미가 부끄러워하면서 말했다.

"괜찮습니다. 이것도 저의 일이랍니다." 그 여자는 당연히 할 일을 했다는 듯 말했다. "이제부터 너는 낯선 곳에 가면 꼭 어머니 옆에 붙어 있어야 된다." 그녀가 미소를 지으며 티미한테 충고했다.

티미는 어머니가 쇼핑을 마칠 때까지 기쁜 마음으로

그 옆에 붙어있었다. 그는 더 이상 지루하지 않았다! 카트를 끌고 계산대에 올 때쯤 티미와 로라는 공포의 감정을 모두 떨쳐내고 다시 생기발랄해졌다.

"어머나, 정말 예쁜 아이들이로군요!" 밀러 가족 뒤에서 감탄의 소리가 들렸다. '오, 제발 그러지 말았으면…. 우리 동네에서 사람들이 그렇게 말을 할 때마다 난 정말 창피해!' 티미가 생각했다. 그는 천천히 뒤로 돌아서 그렇게 말한 아주머니를 바라보았다. "눈이 어쩜 저렇게도 예쁠까? 이 여자아이 머리카락 좀 봐! 게다가 아이들이 어쩌면 이렇게 착할까? 정말 사랑스러운 아이들이에요." 그 아주머니가 쉴 새 없이 어머니한테 말했다.

"감사합니다." 어머니가 겸손하게 대답했다. "저희 아이들은 주님께서 주신 축복입니다. 그리고 저희한테도 기쁨이고요."

"사람들은 하나님 믿는 가족을 다르게 보는 것 같아." 쇼핑한 물건들을 차에 싣고 아이들이 차에 올라타자 어머니가 말했다. "그러니까 우리는 바깥에 나오면 항상 행동을 조심해야 돼. 우리가 정직하지 않거나, 다른 사람한테 무례하게 행동하거나, 혹은 너희들이 서로 싸우고 칭얼거리면, 좋은 본보기가 못되지. 그러면 우리 예수님을 욕되게 하는 거야. 오늘 아침 아빠가 성경에서 읽어주신 것처럼, 우리는 세상의 빛이 되어야 한단다.

'이는 너희가 흠이 없고 순전하여 어그러지고 거스르는 세대 가운데서 하나님의 흠 없는 자녀로 세상에서 그들 가운데 빛들로 나타내며.' 빌립보서 2장 15절." 어머니가 암송했다.

"이제 집에 가기 전에 기도를 드리자. 오늘은 하나님께 특별히 감사드릴 일이 있지. 하나님께서 우리 기도를 들으시고 도와주셔서 다시 티미를 찾았잖니!"

고개를 숙이는 티미의 마음에는 감사가 넘쳤다.

길을 잃어버렸을 때:
티미 밀러의 다섯 가지 규칙

1. 부모님 옆에 꼭 붙어있는다. 어떻게든 길을 잃지 않도록!

2. 길을 잃으면 당황하지 않는다. 기도하고 부모님께서 어떻게 가르쳐 주셨는지 기억한다.

3. 경찰, 경비원, 가게 직원 같은 분들에게 도움을 청한다. 그런 사람을 찾을 수 없으면, 아이가 있는 아주머니한

테 가서 도움을 청한다.

4. 부모님의 성함, 주소, 전화번호를 잘 외우고 있는다.

5. 불안하게 하거나 무섭게 하는 사람이 있으면 그런 사람에게서 즉시 달아나거나 큰 소리로 도와달라고 외친다.

20
예배당에서
디모데전서 3:14-15

"엄마, 나 엄마 저쪽 편에 앉으면 안 돼요?" 로라가 귓속말로 애원했다. 그리고 긴의자 앞쪽으로 몸을 기울여 어머니 옆에 앉은 에스더를 쳐다보았고, 에스더도 미소로 화답했다.

"로라, 안돼. 예배가 끝난 뒤에 에스더와 얘기하렴." 어머니가 소곤소곤 말했다. "지금은 조용히 앉아서 예배드리는 시간이야."

실망한 로라는 나무로 된 딱딱한 긴의자에 등을 기대고 앉아 찬송가를 집어 들었다.

"174장." 교회 강당 앞쪽에서 누군가가 발표했다. 예배가 시작되었다! 로라가 즉시 찬송가를 어머니한테 드리자, 어머니가 찬송가번호를 찾아서 다시 로라한테 주었다. 로라는 조심해서 찬송가를 손으로 잡고 무릎 위에 올려놓고는 아기 베스를 안고 있는 어머니가 볼 수 있게 해 드렸다. 그 찬송가는 잘 아는 노래였고, 로라는 맑고 귀여운 목소리로 노래를 불렀다. 노래는 참 재밌어!

회중이 찬송가를 3개 부른 뒤, 설교가 시작되었다. 서로 다른 두 사람이 일어서서 성경을 읽고, 그 구절이 뭘 뜻하는지를 설명했다. 로라는 목사님이 옛날이야기를 할 때에는 귀를 기울여 들었다. 때때로 목사님은 로라가 이해할 수 있는 내용을 이야기했다. 그것을 듣고 있는 동안에는 조용히 앉아 있는 게 어렵지 않았다! 하지만 귀를 기울이지 않을 때에는 조용히 앉아있으려면 홀로 전쟁을 치러야 했다.

'나는 저 시냇가의 초록색 바위 위에 앉아 있는 초록색 개구리야. 나는 완전히 꼼짝 않고 앉아 있어야 돼. 만일 내가 움직이면 커다란 파란색 황새가 나를 알아보고 잡아먹어 버릴 테니까!' 로라는 이렇게 상상을 했다.

그 때 로라 뒤에서 어떤 아기가 칭얼거리기 시작했다. 로라는 그 어머니가 아기한테 어떤 장난감을 주는지 궁금해서 뒤를 돌아다보았다. 아, 그 어머니는 알록달록한 책 두 개를 가방에서 꺼냈다! '내가 저 책을 볼 수 있다면 얼마나 좋을까?' 로라가 안타까운 마음으로 이렇게 생각했다. 갑자기 그녀는 어머니의 손이 그녀의 팔에 닿는 것을 느꼈다.

"돌아서 바로 앉아." 어머니는 소리 내지 않고 입술만 움직였다.

로라의 앞쪽으로 두 번째 긴의자에 앉아 있던 여자아이가 일어나서 예배당 밖으로 나갔다. '물을 마시러 가나 봐!' 로라가 생각했다. "엄마, 나가서 물 마시고 오면 안 돼요?" 그녀가 어머니 소매를 잡아당기며 속삭였다.

어머니는 단지 고개만 흔들며, '쉬잇' 하는 몸짓을 했다.

'우리 엄마도 내가 나가서 물 마시게 해주셨으면….' 로라가 속으로 투덜거렸다. '엄마는 교회에서 물 마시러 나가는 걸 허락하는 법이 없어. 진짜로 다급하기 전에는 화장실도 못 가게 하신다니까!'

아기 베스는 점점 싫증 나고 배도 고파졌다. 아기가 칭얼거리다가 소리내어 울자, 어머니는 급히 일어나서 유아실로 가셨다.

'이제 엄마가 안 계시니까 에스터 옆에 앉게 됐다!' 로라가 기다렸다는 듯 이렇게 생각했다. 로라는 제자리에 앉아 있어야 된다는 것을 알고 있었다. 하지만 몰래 몰래 조금씩 옆으로 움직여갔다. 그리고 이윽고 에스더 바로 옆에 앉았다! 두 소녀는 서로에게 행복한 미소를 지어 보였다. 그리고는 둘 다 고개를 들고 착한 아이들답게 목사님을 바라보았다.

하지만 조금 지나자 에스더의 어머니 역시 아기를 데리고 나갔다. 그리고 다섯 살짜리 두 소녀는 소곤거리기 시작했다. "난 내 이름을 쓸 수 있어." 로라가 먼저 속삭였다. "그건 아무것도 아니야, 난 내 이름을 필기체로 쓸 수 있어!" 에스더가 자랑했다. "언니가 가르쳐 줬어!"

몇 분 동안 자기 이름을 쓰고 나서, 두 소녀는 에스더의 공책에 그림을 그리기 시작했다. "이건 내 아기 동생이야." 에스더가 속삭였다.

"아니야. 그건 개구리 같아!"

"뭐? 이건 아기야. 입에 고무 젖꼭지 물고 있는 거 안 보여?" 에스더가 대응했다.

"공책 이리 줘. 내가 더 멋있게 그려줄게." 로라가 씩씩거리며 말했다.

"안 돼! 내 공책이야. 지금 내가 쓰고 있잖아!" 에스더가 고집을 부렸다.

로라는 조용히 해야 된다는 사실을 까맣게 잊은 채, 에스더한테서 그 공책을 빼앗으려고 했다. 에스더는 공책을 꼭 붙잡고 놓지 않았고, 두 소녀는 서로 붙잡고 싸우기 시작했다.

느닷없이 크고 강하고 두꺼운 손이 로라의 어깨를 움켜쥐었고, 그녀는 긴의자에서 위로 번쩍 들리는 것을 느꼈다. 놀라서 고개를 들어보니 밀러 아버지의 엄한 얼굴이 보였다. 아버지는 아무 말도 않은 채 로라를 안고 교회 복도를 지나 남자들이 앉는 쪽에 있는 자기 자리로 갔다.

로라는 당황하고 부끄러워 얼굴이 새빨갛게 달아올랐다. 마치 자기 머리가 빨간색으로 빛나는 거대한 풍선이 되었고 온 회중이 그것을 바라보고 있는 듯이 느꼈다. 아버지가 오셔서 그녀를 번쩍 안아서 남자 자리로 데리고 온 것을 모두 다 본 게 틀림없었다! 그녀는 눈을 아래로 깔고 자기 무릎만 쳐다보았다.

로라는 완전히 침묵을 지키고 앉아있었다. 이제 그녀는 더 이상 바위에 앉은 개구리 상상을 할 필요가 없었다. 이제는 아예 바위가 되어버린 것이다. '내가 제자리에 앉아만 있었더라면….' 로라는 마음속으로 죄책감을 느꼈다. '착한 아이처럼 떠들지 않고 조용히 앉아만 있을 걸.' 그녀는 아버지가 자기한테 실망했다는 것을 알았다.

마침내 로라가 눈을 들어 아버지의 얼굴을 슬쩍 바라보았다. 아직도 아버지가 화난 얼굴일까?

아버지는 앞에 있는 목사님에게 집중하고 있는 것처럼 보였지만, 옆에서 무슨 움직임이 있는 것을 알아챘다. 그는 말없이 손을 뻗어 로라를 다독거렸다. 마치
"아빠는 여전히 널 사랑한다."고 말하는 것 같았다.

아버지의 사랑을 느낀 로라의 마음은 따뜻해졌다. '다시는 예배당에서 나쁜 행동을 하지 말아야지.' 그녀가 결심했다. 로라는 아버지가 하는 것을 흉내내어 앞쪽의 목사님을 보았다. 그리고 설교를 들으려고 최선을 다했다.

그날 저녁 말씀 공부 시간에 아버지는 디모데전서 3장을 읽었다.

"'내가 속히 네게 가기를 바라나 이것을 네게 쓰는 것은 만일 내가 지체하면 너로 하여금 하나님의 집에서 어

떻게 행하여야 할지를 알게 하려 함이니 이 집은 살아 계신 하나님의 교회요 진리의 기둥과 터니라.'"

그는 14절과 15절을 읽더니 잠시 멈췄다. "얘들아, 예배시간에는 어떻게 행동해야 되지?"

"조용히 앉아있어야 되고 소곤소곤 이야기해서도 안 되요." 피터가 즉시 대답하며 로라에게 눈을 찡긋했다.

"그리고 찬송을 부를 때 함께 부르고 기도할 때 눈을 감아야 돼요." 로라도 피터를 쳐다보며 덧붙였다.

"껌을 씹거나 사탕을 먹어도 안 되고, 손톱을 깎아도 안돼요." 티미가 거들었다.

"그리고 화장실에 들락날락거려도 안 돼요." 샤론이 말했다. "어떤 사람들은 예배시간마다 물 마시러 나갔다 와서 또 화장실에 가곤 해요! 사람들이 들락거리면 집중하기가 어려워요."

"우리는 예배시간에 다른 사람들한테 방해되지 않도록 해야 된다." 어머니가 계속 말했다. "예배시간에 늦지 않게 가고, 만일 늦을 때에는 뒷좌석에 앉아야 된다. 그리고 항상 조용히 해야 돼! 시끄러운 소리나 아기 울음소리, 찬송가를 떨어트리는 소리가 나면 사람들이 예배드리는데 방해가 되지."

"이 모든 것은 예배시간에 하나님을 경외하는 마음을 가지기 위한 거야." 아버지가 결론을 맺었다. "예배는 살아계신 하나님께 드리는 것이고, 우리가 그것을 기억한다면 소곤거리거나 잠을 자거나 손톱을 깎거나 껌을 씹는 행동을 하지 않겠지. 온 가족이 하나님께 자유롭게 예배를 드릴 수 있다는 것은 대단한 특권이야. 우리 모두 감사한 마음으로 하나님을 경외하는 마음을 갖도록 하자!"

21

부모님을 공경하기

출애굽기 20:12, 에베소서 6:1-3

"피터, 그건 공손하지 못한 태도야." 어머니가 큰아들을 야단치고 있었다. 그녀의 눈빛은 놀랍기도 하고 슬프기도 했다.

피터는 고개를 떨어트렸다. 그의 마음 한구석에는 방금 내뱉은 분노의 말을 지워버릴 수 있기를 소원했다.

하지만 또 한편에서는 그의 자존심이 반항했다. '하지만 내가 옳았어! 엄마는 불공평해!'

"피터, 여기 함께 앉아서 얘기를 좀 하자." 어머니가 말했다. 그녀는 부엌에 있는 식탁 의자를 빼서 앉았다.

피터는 부끄러움과 원망의 감정이 뒤섞인 채 마주 앉았다. 왜 부모님은 항상 아이들 위에 대장 노릇을 하시는 걸까?

"피터, 너는 이제 나이가 돼서, 엄마 아빠가 완벽하지 않다는 사실을 알고 있지." 어머니가 반쯤 미소 짓는 얼굴로 말했다. "엄마 아빠도 실수한단다. 그리고 자녀들 모두에게 공평하려고 노력하지만, 때로는 네 눈에 불공평하게 보일 수도 있어. 그렇다고 해도 너는 변함없이 부모를 공경해야 된다.

때때로 부모님께 '왜?'라고 물어보는 것은 올바른 거야. 하지만 그렇게 물어보는 것에도 올바른 방법이 있고 잘못된 방법이 있단다! 반드시 예의 바르게, 부모를 공경하는 태도로, 그리고 성숙한 사람답게 조용히 질문해야 된다. 부모한테 화가 난 목소리로 소리치거나, 불평하는 투로 혹은 반항하는 투로 말하는 것은 잘못이야.

피터, 왜 네가 부모를 공경해야 되는지 이유를 알고 있니?" 어머니가 질문했다.

"성경에서 그렇게 가르치기 때문인 것 같아요." 피터가 웅얼거렸다.

"그래. 그것은 단지 부모가 기분이 좋으라고 그런 게 아니야. 하나님께서는 모든 자녀들이 그들의 부모를 공경하라고 명령을 하셨어. 그는 부모공경을 너무도 중요하게 여기시기 때문에 그것을 십계명의 하나로 넣어 놓으셨어! '네 부모를 공경하라.'는 계명은 열 가지 기본적인 법의 하나야. '내 앞에 다른 우상을 두지 말라.' '살인하지 말라.' 이런 계명과 함께 말이야. 신약성경 에베소서에도 이렇게 말씀하셨어.

'자녀들아 주 안에서 너희 부모한테 순종하라 이것이 옳으니라 네 아버지와 어머니를 공경하라 이것은 약속이 있는 첫 계명이니 이로써 네가 잘되고 땅에서 장수하리라.'

부모를 공경하는 것은 단지 시키는 일에 대한 단순한 순종이 아니라, 기쁘게 순종하는 것이란다. 또한 부모님이 뭘 원하는지 알면, 비록 성경에 쓰여있지 않은 것이라도 그것을 따라야 된다. 그리고 무엇보다 부모공경은 항상 존경심을 가지고 부모님께 말을 하는 거야.

어떤 가정에는 아이들이 부모님을 부를 때 존댓말을 사용하게도 한다. 예를 들면, 엄마, 아빠 대신, 어머니, 아버지, 이렇게. 하지만 우리 집에서는 그렇게 하지는 않아. 그렇다고 해도 너희가 부모님께 말할 때 공경하는 태도로 해야 된다. 하나님께서 그렇게 말씀하셨어."

"알았어요. 잘못했어요, 엄마." 피터가 겸손하게 사과를 했다. 그는 몸을 조금 앞으로 당겨 허리를 편 뒤 말했다. "이제 제가 공손하게 공경하는 마음으로 여쭈어보면, 대답해주실래요? 왜 티미는 밖에 나가서 놀아도 되고 저는 안되는 거죠?" 그는 희망의 눈빛을 띠고 나직이 말했다.

"그래. 네가 그렇게 조용하고 공경하는 태도로 물어보면 내가 기쁜 마음으로 대답해줄게." 어머니가 미소를 지었다.

하지만 불쌍한 피터! 그는 곧 어머니의 말씀을 잊어버렸고, 또 다른 말썽이 그를 기다리고 있었다. 밀러 가족은 일찌감치 저녁 식사를 마쳤고, 피터의 마음속에는 특별한 계획이 있었다.

"존슨네 아이들이 오늘 저녁에 함께 스케이트 타러 호수에 가자고 했어요." 그가 흥분해서 아버지를 쳐다보며 말했다. "가도 되죠. 네?"

"피터, 오늘 저녁은 안 된다. 오늘 밤은 교회에서 특별 집회가 있는 날이야. 인디애나주에서 설교자가 오신다."

"하지만 아빠!" 피터가 실망해서 반박했다. "존슨네

아이들한테 갈 수 있을 거라고 말했어요. 한 번만 교회를 빠지면 안 되나요? 자전거 타고 혼자 갔다가 교회에서 돌아오실 때쯤 집에 올게요."

"피터, 안돼. 가족이 모두 함께 간다." 아버지가 엄하게 말했다. "교회에서 예배드릴 때는 특별한 이유가 없는 한 가족이 모두 함께 드린다. 네 친구한테 전화를 걸어서 못 간다고 해라. 다음부터는 약속하기 전에 반드시 먼저 허락을 받도록 하고."

"허락을 구하는 게 무슨 소용이 있어요?" 피터가 몹시 기분이 상해서 대꾸했다. 그의 얼굴은 반항기로 일그러졌다. "저를 아무 데도 못가게 하고, 아무것도 못하게 하시잖아요." 그는 거의 소리를 질렀다.

"피터, 부모한테 그렇게 말해서는 안 된다. 너는 공경하는 태도도 아닌데다가, 그건 진실도 아니야." 아버지가 차분하게 말했다. "어머니가 방금 너한테 왜 부모를 공경해야 되는지 설명해주시지 않았니?" 아버지의 얼굴은 단호했다.

"오늘 저녁 설거지는 네가 해라. 그러면 그걸 기억하는 데 도움이 될 거다. 만일 또다시 이런 일이 있으면 그때는 더 엄한 벌을 주겠다. 우리는 자녀들이 부모한테 불손하게 말하는 태도를 보이도록 내버려 둘 수 없다." 아버지가 이렇게 말하며 슬픈 눈빛으로 피터를 바라보았다.

"피터, 아버지께 사과를 드려." 어머니가 조용히 말했다.

"잘못했어요, 아빠." 피터는 비참한 심정으로 접시를 바라보며 말했다.

그날 저녁 밀러의 온 가족이 교회에 들어갔을 때, 피터는 여전히 기분이 언짢았다. 그는 오늘 외부에서 오신 강사가 누군지 호기심을 가지고 맨 앞줄의 긴의자를 바라보았다.

'어떤 설교자가 오셨을까?' 하지만 피터가 설교자의 모습을 보는 순간 그의 마음은 더 괴로웠다. '저렇게 나이 든 설교자라니!' 피터는 속으로 한숨을 쉬었다. '저런 할아버지가 어떻게 재미있는 얘기를 할 수 있겠어?'

찬송을 부르고 기도가 끝난 뒤 초청 강사가 단상에 올라왔다. 회중들에게 미소를 짓는 그의 모습을 보니, 그의 백발과 흰 수염이 성자의 후광처럼 불빛에 환하게 빛났다.

"얘들아." 그가 말을 꺼냈다. "나는 나이 많은 할아버지야. 내가 몇 살인지 맞춰 보겠니?”

피터의 관심이 설교자한테 끌렸다! 그는 아이들이 그의 나이를 맞추는 것을 유심히 듣고 있었다.

“그래. 나는 일흔다섯 살이야.” 설교자가 껄껄 웃었다.

“그런데 얘들아, 나는 여전히 성경에서 부모님을 공경하라고 한 계명을 지켜야 한단다! 비록 나 자신이 늙은이가 되었고, 내 부모님은 하늘나라에 가셨지만, 나는 아직도 그분들이 나한테 가르쳐준 올바른 길을 행하고 있어. 나는 아직도 내 부모님에 대해서 존중하는 말을 하고, 마음속으로 그분들을 공경한단다.”

그 설교자는 에베소서 6장을 펴서 소리내어 읽었다. 그리고 나서 그 구절에 대해 설명했다. 그의 이야기는 정말 재미있었다! 아이들이나 어른들이 부모를 공경했을 때 얼마나 축복을 받았는지, 그리고 부모를 공경하지 않은 사람들이 얼마나 불행해졌는지 그런 이야기들이었다.

“얘들아, 부모님을 공경해라.” 그가 열성적으로 결론을 맺었다. “하나님은 그게 우리한테 유익하기 때문에 그렇게 하라고 명령하셨단다. 우리가 부모님께 순종하고 공경할 때, 우리가 하는 모든 일이 잘된단다. 우리 삶은 더 행복해지고, 더 오래 살 수도 있지. 부모님께 순종하면 우리는 안전하고 평화롭게 살 수 있단다. 하나님을 섬기는 너희 부모님들을 주신 하나님께 감사드리고 항상 부모님을 존중해 드려라."

예배가 끝난 뒤 피터와 티미는 강당 앞쪽으로 가서 친구들을 만났다. 그날 다니엘 형제의 설교를 듣는 동안 피터는 자신의 삶에 대해 더 행복하게 느꼈다. 그래서 조슈아와 조셉을 만났을 때 그는 기분이 좋았다.

세 명의 소년은 뒤쪽의 긴의자에 몰려 앉아 웃으며 대화를 나누고 있었다.

그때 갑자기 그림자가 드리우더니 친근한 음성이 들렸다. "얘들아, 안녕?" 소년들이 올려다보니, 그날의 초청 강사인 다니엘 형제가 서 계셨다!

피터, 티미, 조슈아는 재빨리 일어나 그 연로한 설교자와 한 사람씩 정중하게 악수를 했다. 조셉도 뒤따라 그렇게 했지만, 헨리는 자리에 앉은 채 마지못해 악수했다.

"뭣 때문에 그렇게 벌떡 일어나는 거야? 그까짓 설교자와 악수하는 것 때문에?" 헨리가 관심 없다는 듯 말했다. "뭐 그리 대단한 사람도 아닌데!"

"그분은 설교자이고, 또 연세가 많은 분이야." 피터가 설명했다. "연세 많은 분이 오시면 일어나는 게 예의야. 연로한 분들을 공경해야 된다고 우리 부모님께서 말씀하셨어."

"우리 부모님은 그렇게 까다로운 예의범절을 요구하지 않으니 천만다행이야." 헨리가 비웃었다. "우리는 귀족도 아니고, 그러니까 쓸데없는 예절에도 관심 없어."

"그것은 쓸데없는 예절이 아니야." 조슈아가 말했다. "성경에도 보면 연세 든 분들이 들어오시면 일어나라고 했어."

"그래? 성경 어디에?" 헨리가 믿을 수 없다는 듯이 웃었다.

"레위기 19장 32절. 내가 보여줄게." 그러면서 조슈아가 성경을 뒤적거렸다. "우리가 오늘 막 그 구절을 집에서 읽고 왔거든. 여기 있어.

"'너는 센 머리 앞에서 일어서고 노인의 얼굴을 공경하며 네 하나님을 경외하라 나는 여호와이니라.'"

"아버지가 그러시는데 예의범절의 대부분은 성경에서

나온 거래." 피터가 당당하게 말하자, 이번에는 헨리가
비웃지 않았다.

'우리 부모님께서 예의를 가르쳐주셔서 다행이야.' 피
터가 추운 교회 주차장으로 나오며 생각했다. '나는 헨
리처럼 예의를 모르는 사람이 되지 않을 테야. 그리고
부모님을 더욱 공경하고 존중해 드려야지. 나한테 분별
력을 가르쳐주시는 부모님께 감사를 드려야지!'

자녀들아 주 안에서 너희 부모한테 순종하라 이것이 옳
으니라 네 아버지와 어머니를 공경하라 이것은 약속이 있는
첫 계명이니 이로써 네가 잘되고 땅에서 장수하리라.

에베소서 6:1-3

잠언 생활 동화 시리즈

성경의 주옥같은 잠언. 어떻게 하면 아이들에게 쉽게 가르쳐줄 수 있을까? 아이들이 날마다 경험하는 친근한 사건들을 통해 잠언을 재미있고 쉽게 가르쳐주는 생활동화

참 잘했어요
날마다 지혜를 얻는 아이들 이야기. 친척들이 모인 날 티미는 왜 코피가 터졌나? 죄를 우습게 보는 것이 왜 위험한가? 아버지는 한밤중에 습격하는 강도를 어떻게 막을 수 있을까?

이럴 땐 어떡하죠?
어떻게 하는 것이 옳은 행동인가? 어리석은 농담이 어떤 안 좋은 결과를 가져왔나? 쇼핑몰에 간 티미는 어쩌다가 길을 잃어버렸나? 그리고 왜 어머니날 파티에 큰 불이 났나?

좋은 친구
학교에서 경험하는 갖가지 상황에 대처하는 지혜. 피터는 또래집단의 압박을 어떻게 극복하였나? 진짜로 좋은 이름은 어떤 이름인가? 5달러짜리 야구 글러브보다 더 중요한 것은?

선교지 이야기
하나님의 부르심에 응답한 용감한 사람들의 놀라운 이야기. 그들은 어떻게 기적적으로 위험을 모면했는가? 그리고 어떻게 예수님을 위해서 죽음을 선택했는가?

유명한 위인은 처음부터 위인이었을까?
위인들의 어린시절 시리즈

아브라함 링컨: 정직한 아이

알렉산더 벨: 말하는 기계를 만든 아이

나다니엘 그린: 스스로 생각하는 아이

벤자민 프랭클린: 책을 좋아한 아이

클라라 바튼: 약한 자를 돌보는 아이

다니엘 분: 어린 사냥꾼

조지 워싱턴: 나라를 사랑한 아이

해리 트루먼: 미주리의 어린 농부

헨리 포드: 기계를 좋아한 아이

존 마샬: 판단력 있는 아이

존 폴 존스: 천하무적 항해사

노아 웹스터: 사전을 만드는 아이

로버트 풀턴: 만들기를 좋아한 아이

사무엘 모르스: 호기심 많은 아이

토마스 에디슨: 귀염둥이 질문상자

토머스 제퍼슨: 독립심 강한 아이

율리시스 그랜트: 말을 좋아한 아이

라이트 형제: 하늘을 나는 아이들

윌리엄 브래드포드:어린 양를 사랑한 아이

포카혼타스: 말괄량이 소녀

이스라엘 퍼트넘: 장군 같은 아이

존 스미스: 모험심 강한 아이

존 워너메이커: 백화점왕이 된 아이

패트릭 헨리: 자유를 사랑한 아이

월터 크라이슬러:기관사가 되고 싶은 아이

(계속 발행됩니다.)

리빙북 시리즈

마그나 카르타　　　　제임스 도허티 지음
감히 국왕에게 도전장을 던진 귀족들. 십자군 원정의 영웅 사자왕 리차드. 의적 로빈훗과 그 일당. 의역과 악역이 따로 없으며, 승패의 예측을 불허하는 중세유럽의 대서사시. 이 책은 말로만 듣던 중세유럽 봉건제도의 실상을 보여준다. 초등5년 이상

필그림의 나라　　　　제임스 도허티 지음
국가가 강요하는 종교를 거부했던 필그림들은 자유를 찾아 방랑하는 도망자가 된다. 온갖 역경 끝에 신세계의 황무지에 정착하지만, 질병과 굶주림이 절반의 목숨을 앗아간다. 생존을 외면하고 자유를 선택함으로써 새 나라의 기초를 놓는 이름 없는 사람들의 가슴 저미는 실화. 초등 5년 이상

아메리카 대장정　　　　제임스 도허티 지음
역사상 최초로 북미대륙을 횡단한 루이스와 클락의 탐험이야기. 그것은 한계를 모르고 도전하는 인간의 모험심, 두려움을 거부하는 불굴의 용기, 역경을 정복하는 인간의 의지력의 상징이다.

푸어 리차드　　　　제임스 도허티 지음
정직, 근면, 검약을 신조로 맨손에서 자수성가하는 아메리칸 드림의 원조. 가난한 인쇄공에서 국가 최고 지도자가 되고, 서민의 친구이자 미국 건국아버지가 된 혁명가. 인간미 가득한 양키 중의 양키 벤자민 프랭클린의 이야기. 초등5년 이상